사무라이와 매화

머리말

일본의 어느 교수를 만났더니 한국에서는 일본을 무조건 두들겨 패는 책이 나오면 베스트셀러가 된다는데 정말이냐고 물었다. 무조건이라는 말이 거슬렸지만 전혀 근거없는 말도 아니어서 씁쓸한 기분이었다.

실제로 얼마전에 만난 어느 선배는 필자가 일본에 관한 책을 쓴다고 했더니 일본을 칭찬하는 내용은 가급적 삼가는 것이 좋을 것이라면서 그런 책은 읽지도 않을 뿐만 아니라 자칫하면 오해만 사게 된다고 말해주었다. 무조건 두들겨 패지는 않는다 해도 비판적이고 선정적으로 표현해야 된다는 것이 이 선배의 결론이었다.

선배의 충고는 고맙게 받아들였지만 문제는 이런 식으로 글을 쓰게 되면 진실이 감추어지고 독자가 편견과 오류에 빠지게 된다는 점이다. 예를 들어 일본에 관한 책을 읽은 사람이 일본인은 간사하고 변덕스러우며 돈과 섹스밖에 모른다고 이해했다면 이는 작가의 상업성이 독자를 오도한 것이다. 실제로 일본사회에서 오랫동안 생활해 본 사람으로서 일본인에 대하여 그렇게 생각하는 사람은 극히 드물기 때문이다.

필자는 70년대 초부터 90년대 말까지 30년간의 외교관 생활 중 약 10년간을 주일 한국대사관과 지방영사관에서 근무했다. 일본의 대학에서 공부도 했고 정년퇴직한 지금도 동북대학 대학원의 객원연구원으로 재직하고 있다. 기나긴 일본 생활에서 수많은 일본인과 만났고 그 과정에서 보고 느낀 것이 너무나 많다.

일본에서 오래 살다보면 사람들의 외모가 우리와 같아 이방인이라는 느낌이 별로 들지 않는다. 그런데 이렇게 똑같은 외모이면서도 그들의 생각이나 행동은 우리와 전혀 딴판이라는 데 놀라게 되는 경우가 종종 있다. 이런 놀라운 경험을 중심으로 최근 몇 년 동안 신문과 잡지 등에 투고했던 글들을 한데 모아 책으로 묶었다. 필자는 이 책에서 일본과 일본인이 우리와 어떻게 다르며 그 다른 것이 갖는 의미를 가급적 객관적으로 표현하려고 노력하였다.

필자는 10년 이상을 일본에서 생활했지만 솔직히 말해 아직도 일본이란 나라를 잘 모른다. 더구나 일본 사람들의 사고방식이나 생활양식도 이해할 수 없는 점이 적지 않다. 이런 자기 반성을 할 때마다 잠시 일본에 다녀오거나 몇 권의 책을 읽고 베스트셀러를 내어놓는 사람을 보면 정말 존경스럽다.

이 책은 졸저 「또 하나의 일본」과 「지방선거의 필승전략」에 이어 세 번째 내어놓는 일본에 관한 작품이다. 「또 하나의 일본」은 일본의 지방과 자치행정의 현실을 사례중심으로 정리한 것인데 한국보다는 일본에서 화제가 되어 동경에서 번역판까지 출판되었다.

「지방선거의 필승전략」은 일본의 어느 현에서 있었던 지사선거의 과정을 취재한 일종의 선거참관기로 21세기 우리 자치행정의 방향을 제시하는데 중점을 두었다. 이 두 작품의 특징은 일본의 지방을 주제로 하고 있다는 점이다. 일본을 아는 사람은 많아도 이 나라의 지방을 아는 사람은 의외로 적다. 그만큼 우리 한국에는 일본의 지방에 관한 책이 전무하다 해도 과언이 아니다. 그런 점에서 두 작품은 일본의 지방을 독자에게 알리는 최초의 한국책이 아니었나 생각한다.

이 책에서도 지방의 이야기가 나오지만 기본적으로는 전체로서의 일본 그리고 일본인에 대하여 설명하고 있다는 점에서 위에 든 두 작품과는 전혀 성격을 달리하고 있다. 필자는 이 책을 통하여 일본은 무엇인가 또는 일본인은 누구인가를 이론이나 남의 말을 빌려서가 아니라 자신의 체험을 빌려 설명하려고 노력했다. 체험을 사실 그대로 표현함으로써 오직 진실만을 말하려고 했다. 따라서 비판적이고 선정적인 것과는 너무나 거리가 멀다. 그러다 보니 일본과 일본인을 칭찬하고 심지어 부러워하는 내용도 눈에 띌 것이다. 당연히 오해가 있을지 모르지만 진실만을 쓰자는 초심에서 한 발도 물러서고 싶지 않았다.

이 책을 내는 데 있어 필자 이상으로 결정적인 역할을 한 사람이 있다. 필자보다 훨씬 더 많은 일본 사람들과 만나면서 얻은 아이디어와 조언을 아끼지 않은 집사람이다. 그런 의미에서 이 책은 집사람과의 공동작품이라 해도 과언이 아니다. 집사람에게 감사 인사를 보내며 지난 4월에 세상을 뜨신 어머니 영전에 이 책을 바친다.

2000년 11월

지은이

사무라이와 매화

목 차

2. 가까운 나라

3. 먼 나라

1. 자기것을 지키는 사람들

벤츠600 타는 덴뿌라집 주인

일전에 오사카에 들렀다가 그곳에 살고 있는 친지로부터 어느 덴뿌라(튀김)집에 저녁 초대를 받은 일이 있다. 말이 덴뿌라집이지 백 평이 넘는 일본식 가옥으로 내부시설이나 가구가 모두 최고급의 호화저택이었다.

돈 많은 사람만을 상대하는 초고급 레스토랑임을 알 수 있었다. 손님들의 고급차가 즐비한 주차장에 검은색 벤츠600 한 대가 유난히 눈에 띄었다. 벤츠차 가운데에서도 600은 일본에서도 재벌급 사장이나 타는 최고급 승용차이다. 필자를 안내한 사람은 저 차가 이 집 주인의 자가용이라고 말했다. 가게의 규모와 잘 어울리는 차였다.

일본 사람들이 '다이'라고 부르는 식탁에 앉아 물수건으로 손을 씻고 있는 사이에 흰 와이셔츠 차림의 60대 신사 한 사람이 나타나더니 앞치마를 두르고 바로 우리 눈앞에서 덴뿌라를 튀기기 시작했다. 손님을 대하는 정중한 태도나 익숙한 요리솜씨가 너무나 세련되어 있어 보통의 요리사가 아님을 금방 알 수 있었다. 갓 튀겨낸 새우요리의 맛이 그것을 입증하고도 남을 정도로 천하일품이었다. 일본 사람도 아니고

식도락가도 아닌 필자이지만 이 레스토랑의 품위가 어느 정도인가를 충분히 짐작할 수 있었다.

식사가 끝날 무렵 필자를 초대한 사람이 놀랄 만한 사실을 알려주었다. 조금전까지 우리 앞에서 요리를 만들고 있던 사람이 바로 이 레스토랑의 주인이라는 것이었다. 집안이 가난하여 학교도 제대로 다니지 못하였으나 평생 요리솜씨를 익혀 덴뿌라 하나로 대성한 사람이라는 것이다. 그러니까 아까 주차장에서 본 벤츠600의 주인은 바로 이 요리사였던 것이다.

재벌급이나 타는 벤츠600을 가질 정도로 크게 성공한 사람이 60이 넘은 나이에 매일 가게에 나와 앞치마를 두르고 직접 손님을 상대하다니 참으로 놀랄만한 직업정신이다. 그의 성공이 우연이 아님을 알 수 있었다.

"낙숫물이 돌을 뚫는다"는 우리 속담이 있다. 우리 민족의 끈기와 인내력을 비유해서 하는 말이다.

하지만 요즘 이런 속담을 입에 올리는 한국 사람은 거의 없다. 요즘같이 눈부시게 변화하는 시대에 낙숫물이 돌을 뚫듯이 한우물만을 파는 자세로는 낙오하기 십상이라는 인식이 오히려 팽배해 있는지도 모른다. 하지만 일본 사람들과 접하다 보면 낙숫물이 돌을 뚫듯이 일생을 한가지 일에 전념하며 살아가는 사람이 의외로 많은 것을 발견하게 된다. 자기 맡은 일에 또는 자기 직업에 철저하게 충실한 일본 사람을 보면 이 속담이 우리것이 아닌 일본 속담이 아닌가 싶을 정도이다.

도쿄나 오사카의 구 시가지에 가보면 100년이 넘는 노포가 허다하다. 특히 서민을 상대하는 '오뎅' 집이나 '소바' 집에 그런 가게가 많다. 백년간 한번도 국솥의 불을 끄지 않아 개업시의 맛을 지금까지 유지하고 있다는 오뎅집의 이야기는 신화를 듣는 것 같아 우리의 심금을 울린다.

약 20년 전 필자가 도쿄에서 근무할 때 자주 들르던 값싸고 맛좋은 스시(초밥)집이 있었다. 값싸고 맛좋은 수수한 음식집이다. 얼마전 도쿄에 들른 김에 이 가게를 찾아간 일이 있다. 20년이 지났지만 똑같은 장소에서 똑같은 간판을 걸고 지금도 영업을 하고 있었다. 요리사가 아버지에서 아들로 바뀐 것 이외에는 바뀐 것이 아무것도 없었다. 값싸고 맛좋은 음식 솜씨도 변하지 않았으며 가게 안의 식탁 배열과 분위기도 옛날 그대로였다.

이 2대째의 요리사겸 주인은 일본의 수재들만 들어가는 동경대학 출신이다. 필자가 이 식당의 단골이던 때 그는 대학에 다니면서 밤에는 부친을 도와 미나라이(견습)를 하고 있었다. 당시 그에게 대학졸업 후 무슨 일을 할 것인가를 물었던 기억이 있다. 일본 최고학부에 재학중이던 그는 놀랍게도 "그야 당연히 아버지 가게를 물려받아야죠"라고 잘라 대답했었다.

일본 사람은 크든 작든 가업을 2대, 3대에 걸쳐 자손에게 계승하는 전통이 있다. 이 가업의 계승전통에서 우리가 주목할 일은 대를 물려받은 사람이 선대의 창업정신을 철저히 지켜나가면서도 사업의 규모나 내용은 조금씩 발전시켜 나간다는 사실이다. 대를 거치면서 조금씩 발전시켜 나가는 힘, 이것이 바로 일본사회 발전의 원동력이라고 생각하면 틀림없다.

일본에는 평생을 후지산만 그린 화가가 있다. 후지산은 일본인 모두가 자랑하는 높고 아름다운 산이어서 후지산을 그려보지 않은 화가는 한 사람도 없다고 한다. 하지만 평생을 이 후지산만을 그린 화가는 이

한 사람뿐이라고 한다. 아무리 아름다운 것이라 해도 한평생 한가지만 그리다니 놀라운 일이다. 일본인은 이런 사람을 높이 평가하고 존경하는 경향이 있다. 이같은 사고방식 뒤에는 장인정신과 전통을 중시하는 일본 국민의 의식이 숨어 있다.

일본처럼 전문가를 중시하고 존경하는 나라는 드물다. 우리가 너무나 잘 아는 바둑의 명인 조치훈은 일본 사람 모두가 존경하는 인물이다. 그는 어디에 가도 센세이(先生)로 통한다. 보통 장관이나 국회의원에게 붙이는 이 센세이라는 칭호는 일본의 최고 존칭어이다. 바둑뿐만 아니라 꽃꽂이, 차도, 고전무용 같은 취미 분야에서도 월등히 뛰어난 사람들에게는 센세이라고 부르며 그의 전문성에 존경심을 보내는 것이 일본인이다.

전문가를 중시하는 일본의 사회분위기가 모든 분야에서 수많은 새로운 전문가를 탄생시키고 있다는 사실을 간과할 수 없다. 그에 비하면 우리 사회는 전문가를 존경하기는커녕 오히려 경시해온 전통을 가지고 있다. 이런 풍토에서는 직업정신이나 장인정신이 길러질 수 없다. 이런 풍토의 차이가 우리와 일본의 격차를 점점 벌려놓고 있는 것이다.

벤츠600을 타는 덴뿌라 요리사나 동경대 출신의 스시 요리사의 이야기에서 우리는 경제대국 일본의 힘의 근원을 발견하게 된다.

가업이 대를 잇는 사회

일본의 지방을 가보면 온천도 하고 숙식도 할 수 있는 대형 온천장이라는 것이 있다. 온천장마다 넓은 공연장이 마련되어 있어 손님들이 여기에서 '카라오케'도 즐기고 재수가 좋으면 유랑극단도 공짜로 관람할 수 있다.

일본에는 전국의 온천장을 돌며 연극과 춤을 공연하는 유랑극단이라는 것이 있다. 말이 유랑극단이지 적게는 3명 많아야 7,8명의 작은 집단으로 모든 멤버가 한가족인 것이 특징이다. 시아버지와 며느리가 서로 애인으로 분장해서 출연하기도 하고 8세 손자녀석이 여장차림으로 멋지게 부채춤을 추기도 한다. 어린이가 춤을 출 때는 온천장의 단골손님인 할머니와 아줌마들이 1,000엔짜리를 '와리바시'(나무 젓가락) 사이에 끼워 건네기도 하고 500엔짜리 동전을 휴지에 말아 무대로 던지기도 하며 환호한다.

어느 날 필자가 들른 온천장에서도 이 유랑극단이 한창 공연중이었다. 나중에 알게 된 사실이지만 이 극단의 책임자 이와나베(岩邊)는 3대째 이런 일을 해오는 사람이었다. 할아버지, 아버지를 거처 3대에 걸친 가업으로 이어오고 있다는 것이다. 일본에서는 이런 사람을 산다이메 (3代目)라고 부른다. 3대째 이어온 만큼 가업에 대한 자부심과 직업정신이 투철할 수밖에 없다. 그래서인지 공연 내용도 아주 깔끔하였다.

이날 우리 일행은 온천장의 한 '다다미' 방에서 저녁 식사를 했는데 이 자리에 여성 한 명이 나와 삼미셍 (三味線=일본 고유의 악기)을 뜯으며 노래와 춤을 보여 주었다. 우리로 말하면 기생이겠지만 일본에서는 이런 여자를 케이샤 (藝者)라고 부른다. 그 명칭이 시사하듯이 일본의 케이샤는 예술을 하는 직업인이다. 40이 넘은 이 늙은 케이샤와 대화를 나누면서 그녀 역시 산다이메라는 것을 알았다. 그녀의 할머니가 케이샤였고 어머니 또한 케이샤였던 것이다. 아무리 직업이라고는 하지만 춤과 웃음을 파는 직업을 3대에 걸쳐 물려받았다니 놀랄 만한 일이다.

일본에서 '소바집' '오뎅집'이 대를 이어 경영한다는 이야기는 새삼스러운 것이 아니다. 일본의 이발관은 대개 부부가 단둘이서 경영하고 있다. 종업원처럼 보이는 젊은이가 있다면 그것은 틀림없이 그들의 아들이다. 아버지를 이을 미나라이(見習工)이다.

그런데 일본 사회를 자세히 들여다보면 이런 특수직업뿐만 아니라 사회 각 분야와 직업이 이런 식으로 대를 이어 내려오고 있는 것을 알게 된다. 농업이나 상업은 말할 것도 없고 그릇을 굽거나 칠기를 만들거나 장신구를 제작하는 등의 가내 수공업분야는 거의 100퍼센트 가업으로 전승된다. 그런가 하면 예능분야와 스포츠분야에서도 이런 현상이 나타나고 있다.

필자가 과거 일본에서 업무상 가장 많이 만난 사람은 직업공무원과 정치인이다. 그런데 이들 공무원은 그의 아버지나 할아버지 중 누군가는 공무원이었다. 정치인의 경우도 마찬가지였다. 은행원의 아버지는 은행원이었고 교사의 할아버지는 교장선생이었다. 의사의 경우는 거의 예외없이, 대를 물려받고 있음을 알 수 있었다. 자유업이 아닌 이런 분야가 대를 잇는 것은 이해가 안되겠지만 평소에 부모는 그런 방향으로 아이들을 교육시키고 아이들은 부모의 영향을 받음으로써 자연스럽게 이루어지는 것 같았다.

가업은 대개 자기 친자에게 물려주는 것이지만 친자가 없을 경우에는 양자에게 물리기도 한다. 음악이나 연극 등 특수기능 보유자의 경우는 제자 중에서 우수한 자를 선택하여 이름과 함께 명예를 물려주는 형식으로 대를 잇기도 한다. 일본 동북지방이 낳은 불세출의 삼미센 연주가인 타카하시 치쿠잔(高橋竹山)은 대를 이을 자식이 없자 그의 수제자인 한 여성에게 습명시키는 방법으로 대를 물려주기도 했다.

일본 사람이 직업을 자유로 선택할 수 있게 된 것은 불과 130년 전 명치유신에 의한 근대국가 형태를 갖추고 나서부터이다. 일본의 직업군에서는 유난히 산다이메가 많은데 이런 사람은 자기 할아버지가 130년 전인 이 당시에 창업했을 것으로 짐작된다. 이런 점을 고려하면 앞으로 4대째, 5대째로 계속 이어질 것이 예상된다. 그보다 훨씬 이전인 에도시대에도 있었던 일본의 전통극인 '카부키'의 경우는 현재의 주인공 한도(坂東)가 11대째이다.

대를 잇는 전통은 정치분야에서 특히 두드러진다. 선거직인 국회의원도 대를 잇는 나라가 일본이다. 현재 일본의 제1야당인 민주당 당수 하도야마(鳩山)의 할아버지는 수상을 지낸 사람이고, 얼마전 방한했던 문부상은 나카소네(中曾根)전 수상의 아들이다. 국회의원직 계승은 자기 선거구와 후원회를 물려주는 방법으로 용이하게 이룰 수 있기 때문이다. 이것이 일본의 독특한 정치풍토이기도 하다.

가업이 대를 잇는 사회, 이것이 일본이다. 가업이 대를 잇는다는 것은 매우 깊은 의미를 갖는다. 가업은 가족의 생활수단이기 때문에 가족이면 누구나 전심전력하여 이를 유지하고 발전시키려고 노력한다. 가업에 관한한 가족 모두가 전문가이며 기술자이다. 이런 전문성은 대를 이어 나갈수록 더욱 심화되고 고도화하기 마련이다. 결국 가업이 대를 잇는다는 것은 사회 각 분야가 전문화되어 간다는 의미이다.

일본 동북지방의 전통가옥

사회 각 분야가 전문화되면 모든 사람이 자기 일에 전념하면서 최고의 가치를 창출하고자 노력하게 된다. 자기 일에 충실하고 최고의 가치를 창출하고자 하는 정신은 다름아닌 장인정신이다. 장인정신으로 충만한 사회는 안정과 번영이 약속된 사회이다. 오늘날 일본이 세계 최고의 경제대국을 이룩하고 안정과 번영을 구가하게 된 이면에는 가업이 대를 잇는 사회의 전통이 존재했기 때문이라고 해도 과언이 아니다.

일본의 최고학부를 나온 엘리트가 좋은 취직자리를 박차고 일자무식한 아버지가 이룩한 '스시집'을 이어받았다는 이야기가 조금도 놀랍지 않은 것이 일본이다. 이에 반하여 될 수 있는 대로 자기 직업을 자식에게 물려주지 않으려고 몸부림치는 것이 우리 한국사회이다. 자신의 직업에 대한 긍지도 없고 비전도 없다는 뜻이다.

한국과 일본은 외형상은 모든 면에서 비슷하지만 속을 들여다보면 이렇게 다른 점이 있는 것이다. 우리 한국사회가 이만큼 발전하고도 정치적으로 사회적으로 불안과 갈등이 그치지 않는 이유는 모두가 자기 일에 충실치 못하고 허황된 꿈에 부풀어 있기 때문이 아닐까. 사회 각 분야가 전문화되지 못한 데에서 오는 부조리현상은 아닐까.

일본에서 유치원 어린이에게 장차 무엇이 되고 싶으냐고 물었더니 가장 많은 대답이 타이쿠(大工)였다는 조사기록이 있다. 타이쿠는 우리의 목수를 말한다. 목수는 여러 사람이 될 수 있어도 대통령만은 한사람밖에 될 수 없다. 한사람밖에 할 수 없는 대통령을 모두가 되고 싶어하는 사회는 불안할 수밖에 없다.

남에게 폐를 끼치지 말라

"당신의 자녀가 이 다음에 어떤 사람이 되기를 원하는가"

옆집에 사는 일본인에게 질문했더니 되돌아온 대답이 아주 명쾌했다.

"남에게 폐를 끼치지 않는 인간이 되기를 바랄 뿐이다"

국회의원이나 의사 아니면 야구선수나 인기가수라는 대답을 기대했던 필자는 적이 실망할 수밖에 없었다.

나중에 안 사실이지만 일본에서는 아이가 말귀만 알아들을 정도가 되면 가정에서는 부모가, 학교에서는 선생님이 귀가 따갑도록 가르치는 말이 있다.

"남에게 폐를 끼쳐서는 안된다"

일본 사람들은 "남에게 폐를 끼치는 인간은 '사이데이' 다"라고 가르친다. 사이데이란 최저(最低)란 말로 우리식으로 말하면 '인간말종' 정도의 강한 뜻이 포함되어 있다.

"일본인은 두 명만 모이면 줄을 선다"는 말이 있다. 줄을 잘 서기로 유명한 일본인들의 특성은 사실은 남에게 폐를 끼치지 않겠다는 관념에서 출발한 것이다. 아무리 어두운 밤길에서도 파란불이 아니면 건너지 않는 질서의식이나 남에게 허리를 굽혀 인사하는 친절자세도 마찬 가지이다.

전차 안에서 발을 밟으면 밟은 사람과 밟힌 사람이 모두 미안하다고 인사한다. 밟은 사람이 미안하다고 하는 것은 당연하지만 밟힌 사람이 왜 미안하다는 것일까. 상대방이 내디딜 자리에 내 발이 있었던 것은 내 잘못이라는 생각이기 때문이란다.

매사에 이런 식이니 사람들이 길거리에서 다투거나 시비하는 모습을 볼 수 없다. 일본에서 오래 살다보면 일본 사람들은 어떻게 하면 남에게 폐를 끼치지 않을까만을 생각하는 사람들같이 느껴질 정도이다.

일본의 호텔이나 백화점 또는 식당에서는 어린이들을 거의 볼 수가 없다. 이런 곳에는 어른들이 가능한 데려오지 않기 때문이다. 사람이 많이 모이는 이런 장소에 아이들이 오게 되면 다른 손님들에게 폐를 끼치기 때문이다. 이런 장소일수록 아이들을 앞장세워 데리고 다니는 우리네 세태와는 딴판이다.

남에게 폐를 끼쳐서는 안된다는 자세는 항상 남을 의식해야 하는 자세이다. 남을 의식할 뿐만 아니라 남을 우선하는 자세이다. 언제나 상대방의 입장에서 생각하고 말하며 행동해야 한다. 남 앞에서는 겸손하며 나를 내세워서는 안된다.

당연히 개인보다는 집단을 우선해야 하며 집단의 '룰' 은 개인의 의사에 우선한다. 여기에서 일본인의 특유한 집단주의가 나타나게 된다. 일본인의 집단주의는 그들이 개인으로는 그다지 우수하지 못하지만 두 사람 이상이 모이면 모일수록 강해지는 사실에서도 발견할 수 있다.

일본식 집단주의는 개인은 집단을 위하여 희생할 수 있으며 그것은 당연한 미덕인 것으로 여기게 한다. 요즘 일본의 회사나 조직을 위하여 자살하는 사람이 늘고 있다. 특히 회사가 탈세 등으로 조사를 받게 될 경우에 간부가 자살을 하거나, 국회의원이 수회용의로 조사를 받을 경우 비서가 자살하는 사례가 많은데 이는 조직을 위하여 개인을 희생하는 일본식 집단주의의 발로인 것이다. 일본인은 자살을 미화하는 경향이 있어 용의자가 자살해버리면 조사도 종결시켜버리는 경우가 많다.

억울하게 죽은 주군 원수를 갚기 위하여 휘하의 무사들이 장렬하게 목숨을 버리는 '추신구라(忠臣藏)'라는 '카부키'는 한국에서의 춘향전보다도 훨씬 인기있는 사극이다. 일본인의 집단주의가 뿌리 깊은 전통임을 알 수 있다.

그러나 개인이 집단을 위하여 무조건 희생해도 좋다는 사고방식은 매우 위험한 생각이며 비민주적이라고 필자는 생각한다. 그래서 필자는 이 일본식 집단주의는 부러워하지도 않으며 평가하고 싶지도 않다. 다만 남에게 폐를 끼치려 하지 않는 정신만은 높이 평가하고 싶다. 나보다 남을 존중하고 남을 우선하는 생활자세가 바로 민주주의 정신이기 때문이다.

남에게 폐를 끼치지 않는 정신에는 자신의 노력으로 살아가려는 인간으로서의 책임있는 자세가 엿보인다. 일본인의 겸손, 검소, 근검절약, 친절, 질서의식 등이 모두 남에게 폐를 끼치지 않으려는 정신의 산물이 아닌가 생각한다.

우리에게는 남에게 폐를 끼치는 것을 아무렇지 않게 여기는 경향이 있다. 가능하면 남에게 폐를 끼쳐서라도 자신의 이득을 챙기려는 사람이 많은 것도 사실이다. 그러면서도 남이 나에게 끼치는 폐에 대하여는 조금도 용납하려 하지 않는 경향이 있다. 나만을 생각하는 철저한 이기주의이다. 이것이 우리 사회의 가장 큰 병폐이다.

스즈키할머니

필자가 머물고 있던 센다이에 타이하라(台原)라고 부르는 동네가 있다. 중하류 정도의 서민들이 모여 사는 이곳에 스즈키라는 70이 조금 넘은 할머니가 한 분 살고 있다.

지금은 허리가 굽은 할머니이지만 젊어서는 사범대학을 나와 중학교에서 국어교사를 하다가 정년퇴직한 인텔리여성이다. 10년 전에 남편과 사별하고 자식들은 모두 동경에 나가 살기 때문에 지금은 남편이 물려준 집에서 홀로 여생을 보내고 있다.

고령화사회인 일본에는 노인들이 유난히 많다. 지금 일본에는 65세 이상의 노인인구가 1,000만을 넘고 50년 후에는 3,000만 명인 초고령사회가 된다. 이렇게 되면 길거리에 다니는 세 사람 중 한 명은 노인이라는 이야기가 된다. 상상만 해도 끔찍한 광경이다.

스즈키할머니의 이웃에는 비슷한 처지의 노인들이 많다. 노인이라고는 하지만 거의가 할머니들이다. 여성의 평균수명이 남성보다 5세정도 높은 일본이라 어디를 가도 할아버지보다는 할머니가 훨씬 더 많다. 이들은 처지가 비슷하기 때문에 서로 친하게 지내며 위로하고 취미생활도 함께 즐긴다.

스즈키할머니가 가장 즐기는 취미생활은 이웃 노인들과 함께 하는 요리만들기이다. 1주일에 한번씩 모여 각자가 가져온 재료로 요리를 만들어 먹는 모임인데 필자의 집사람이 우연한 기회에 이 모임에 참석한 것이 계기가 되어 이 할머니와는 3년째 친교를 유지하고 있다.

스즈키할머니가 살고 있는 집은 50평 대지에 30평의 단층고옥이다. 현재 일본주택은 2층이 기본임으로 단층이라면 모두 종전에 지은 것들로 적어도 60년 이상 된 것들이다. 일제시 일본인이 우리나라에 지었던 소위 '오카베' 집이라고 부르는 일자식 단층기와집이다. 흑벽에 검정색 나무판자를 이어붙이고 마당이 훤히 들여다보이는 담장이 특색인 그런 허술한 집이 일본의 지방에 가보면 아직도 얼마든지 눈에 띈다.

스즈키할머니가 50년 전 시집 와서 한번도 떠나본 일이 없는 이 고옥은 그녀만큼이나 늙고 낡아빠져 비가 오면 지붕이 새고 마루에 올라서면 불안할 정도로 삐걱거린다. 금방이라도 폐가로 변할 것 같은 이 집이 스즈키할머니에게는 다시없는 천국이요 보금자리이다.

지난 2월의 어느날 우리 부부가 스즈키할머니댁을 방문했을 때 받은 충격을 지금도 잊을 수 없다. 두터운 털옷차림으로 다다미방 한가운데에 놓여 있는 '고닷츠'라고 부르는 일본식 전열기 한 대를 의지하여 겨울을 나고 있는 스즈키할머니가 그렇게 애처로울 수가 없었다. 할머니가 내놓은 따끈한 녹차만 아니었더라면 잠시도 견디기 힘들 정도로 썰렁한 방이었다. 한겨울에는 방안의 잉크가 어는 일도 있다니 어느 정도인지 짐작할 수 있다.

스즈키할머니가 돈이 없어 이런 집에 살고 있느냐 하면 결코 그런 것은 아니다. 그녀는 생활에 불편이 없을 만큼 연금을 받고 있으며 이 집의 대지만 해도 시가 2억엔(우리 돈으로 20억원)을 호가한다. 집 옆에는 10여 대의 승용차를 세울 수 있는 유료 주차장을 소유하고 있어 그 수입만도 만만치 않은 알부자이다. 말은 않지만 은행예금도 상당할 것이었다. 그럼에도 불구하고 스즈키할머니가 이런 집에서 고생을 감수하며 여생을 보내는 이유는 무엇일까.

오랫동안 살아왔던 집을 버리지 못하고 평생을 함께 하며 경제적 여유가 있으면서도 고생을 낙으로 삼는 스즈키할머니의 생활태도는 결코 그녀 한 사람만에 한정된 것은 아니다. 우리 눈에는 궁상떠는 것으로밖에 보이지 않는 이같은 생활태도는 바로 일본인의 근검절약 그 이상도 이하도 아니며 정도의 차이는 있지만 모든 일본인의 공통된 특성으로 보아야 한다.

일본인의 근검절약하는 자세는 그들의 식생활 속에 가장 잘 나타나 있다. 일본인의 기본식단은 된장국에 '쓰케모노' 라고 하는 소금에 절인 야채, 그리고 구운 생선 한 토막정도이다. 그들이 아직도 존경하는 이토 히로후미(伊藤博文)는 총리대신이 되고도 밥 한 공기에 된장국과 '쓰케모노' 만으로 국민에게 근검생활의 모범을 보였다는 유명한 이야기가 있다. 더구나 옛날부터 일본인은 하라하치부(腹八部)라 하여 자기 양에 8할정도만 먹는 것이 건강에 좋다는 식으로 소식을 권장해 왔다. 그럴 바에야 돈은 왜 버는지 이해가 안될 정도이다. 일본 사람이 한국에 와서 가장 놀라는 것이 불고기와 찌개를 즐기는 한국인의 왕성한 식욕이다.

식생활뿐이 아니다. 일본인의 주생활은 스즈키할머니의 예에서 보듯이 참으로 질소하기 그지없다. 지방도시에 사는 스즈키할머니의 경우는 그래도 단독주택을 가지고 있어 좋은 주거환경이라고 볼 수 있다.

동경 같은 대도시에서는 대부분이 아파트생활인데 우리나라에서는 국민주택급인 20평 아파트가 이곳에서는 호화주택이다. 집이 이렇게 좁으니 번듯한 가구 하나 들여놓기 힘들어 자잘한 세간살이에 만족할 수밖에 없다. 자기 집에 사람을 초대하지 않는 일본인의 관습은 아마 질소한 주거환경 때문이 아닌가 생각된다.

스즈키할머니집의 안방(우측 뒤로 보이는 검은색 장이 불단으로 일본인 가정의 필수품이다)

일본은 대외 채권이 그렇게 많고 무역 흑자가 쌓여가는데도 경기가 바닥이라고 아우성이다. 사람들이 돈을 쓰지 않기 때문이다. 물건을 사줘야 생산도 하고 유통도 될 텐데 그렇지 않으니 돈이 돌 리 없다. 하도 돈을 안 쓰니까 정부가 국민에게 상품권을 공짜로 나눠주면서까지 소비를 부추겼지만 꿈쩍도 하지 않는다. 물건을 사지 않는 대신 돈만 생기면 모조리 은행으로 들고 간다. 예금만 하지 대출해가는 사람이 없어 은행 이자는 거의 제로에 가깝다. 그래도 돈은 '은행으로 은행으로' 이다. 앞으로는 이자 지급은커녕 예금 수수료를 받아야 할 판이다.

최근 일본에 100엔짜리 가게가 우후죽순처럼 늘어나고, 100엔짜리 회전초밥집이 인기를 끌고 있는 것만 보아도 일본인의 근검절약 정신이 어느 정도인지 엿볼 수 있다. 스즈키할머니가 낡은 주택에서 50년을 하루같이 살아오고 있는 것은 근검절약정신 때문이지만 또 하나는 일본인의 보수적인 정신 자세와도 관계가 있다. 천황제고수, 신사참배습관, 각종 축제행사의 대명사인 '마쓰리'(祭)를 보면 일본인이 매우 보수적이고 전통을 중시하는 국민임을 알 수 있다.

무엇이든지 한번 정해지면 좀처럼 바꾸지 않는 것이 일본인의 특성이다. 40년대 제정된 일본 헌법을 아직 한번도 고친 일이 없으며, 한번 결정한 정책은 총리가 아무리 바뀌어도 변하는 법이 없다. 직장도 한번 들어가면 종신고용제이며 집도 한번 정하면 평생 이사하는 법이 없다. 돈을 벌면 좋은 집으로 이사할 생각부터 하는 우리와는 너무도 큰 차이이다. 일본 사회가 안정되고 평화로운 이유를 알 것 같다.

아파트 생활의 편리함을 모를 리 없는 일본인이지만 아직도 국민의 57. 6퍼센트는 단독주택을 선호하고 있는데 이는 오랜 생활습관을 버리지 못하는 일본인의 보수성을 그대로 말해주는 것이다.

스즈키할머니에게 '집을 팔고 아파트로 이사하시지요' 라는 말이 목구멍까지 나왔지만 참고 말았다. 별로 효과를 기대할 수도 없을 뿐만 아니라 머지않아 찾아올 따뜻한 봄날을 자기 집 앞마당에서 맞이하려는 이 할머니의 상념에 상처를 주고 싶지 않았기 때문이다.

90세의 현역 미용사

　도쿄의 이치카와(市川)라는 마을에 가면 '아구리'라는 이름의 자그마한 미용실이 있다. '아구리'는 이 미용실의 주인겸 미용사의 이름이기도 하다. 미용사 아구리는 금년에 만 90세가 되는 파파할머니이다. 그러니까 아구리는 90세의 현역 미용사인 것이다. 기네스북을 조사해보지 않았지만 아마 동서고금을 통틀어 최고령 현역 미용사일 것이다. 17세에 처음 시작한 직업이라고 하니 73년간을 계속해온 셈이다.

　아구리는 일본이 개화하기 시작하던 명치후기에 오카야마(岡山)에서 태어나 예쁘게 자라났으나 집안의 몰락으로 일찍이 이웃의 부잣집 큰아들에게 시집간다. 이때 그녀 나이 15세. 얼마후 작가의 길을 택한 남편을 따라 도쿄로 옮겨왔으나 세상물정에 어두운 부잣집 도령인 남편은 식구들을 돌보지 않고 방탕에 빠진다. 이런 남편을 믿고 살 수 없었던지 아구리는 우연한 기회에 미용을 배워 미용사로 변신한다. 파마라는 말을 처음 쓰기 시작한 때였으니까 미용실은 지금말로 하면 일종의 벤처기업이다.

　1남 2녀의 어머니로서 또한 한 사람의 직업여성으로 대동아전쟁의 참상을 잘 극복하지만 곧 방탕 생활에 젖어 있던 남편과 사별하게 된다. 이런 와중에서도 미용실만은 잘 꾸려나가 한때는 미용사를 30명이나 거느리는 일본 최대규모의 미용실로 발전시켰고 황족의 규수들도 드나들어 업계의 부러움을 사기도 한다. 전기 파마기를 일본에 최초로 도입한 것이 이 아구리 미용실이다.

남편복은 없지만 자식복만은 남부러울 게 없어 장남은 작가로 성공하여 필명을 날리다가 얼마전 70세로 타계했고, 장녀는 연극배우로 성공하여 현재 아구리가 살고 있는 아파트단지의 같은 동에 살고 있으며, 차녀 역시 문학가 집안의 핏줄답게 일본의 권위있는 나오키쇼(直木賞)를 수상한 현역작가이다.

아구리가 살아온 파란만장한 인생 역정은 이 정도로 접어두고 90세의 현역 미용사로서의 그녀의 생활을 살펴보자. 전성기에는 일본 최고의 미용실을 운영했다고 하지만 아구리의 나이 이미 90이다. 인생 90이라면 직업인으로서는 말할 것도 없고 자연인으로서도 한계점이다. 늙으면 기력이 줄듯이 그녀의 미용실도 줄대로 줄어 지금은 거울과 의자가 단 한 세트밖에 없는 미니 미용실로 변했다. 일본에서 가장 나이 많은 미용사가 경영하는 가장 작은 미용실인 것이다.

아구리할머니는 미용실로부터 100여 미터 떨어진 작은 아파트에서 혼자 살고 있다. 같은 동에 딸이 살고 있지만 장보기에서 조리, 세탁, 청소까지 딸의 도움을 받지 않고 스스로 해결하고 있다.

매일 아침 10시경이면 천천히 걸어 미용실로 출근하여 청소부터 시작한다. 아구리 미용실의 특징은 뭐니뭐니 해도 고객관리가 매우 특별하고 엄격하다는 점이다. 이 미용실을 이용할 수 있는 사람은 반드시 70세 이상이어야 한다는 조건이 있으며 사전예약 없이는 절대사절이라는 것이다.

손님이 한 명도 없는 날이 허다하지만 아구리가 아니면 안된다는 단골손님을 8명이나 확보하고 있다. 이 8명 중에서 74세 할머니가 가장 나이 어린 막내이고 최고령자는 93세 할머니이다. 이들 모두가 50년 이상 아구리의 단골손님노 릇을 하고 있다. 손님이라기보다는 다시없는 인생의 반려자인 것이다.

손님의 자격 조건이 까다로운 만큼 아구리의 고객관리도 철저하고 치밀하다. 손님의 주소, 성명, 생년월일, 다녀간 날짜, 헤어스타일 등이 꼼꼼하게 적혀 있는 고객카드가 걸레조각처럼 누렇게 바래있다. 돋보기안경에 확대경을 겹쳐 카드에 적힌 내용을 천천히 읽은 후 정성들여 빗질을 시작한다.

손이 심하게 떨리고 다리에 힘이 없어 쉬어가면서 하지만 불평하는 손님은 아무도 없다. 손님 역시 70넘은 할머니들이라 시간이 남아도는 사람들이기 때문이다. 일하다가 피곤하면 미용사와 손님이 한숨 자고 일어나 계속하기도 한다. 그래서 1시간에 마칠 일이 3시간, 5시간 걸리는 것이 보통이다. 아구리의 머리 다루는 솜씨 하나만은 여전히 일품이어서 누구나 만족스런 얼굴로 문을 나선다.

93세의 단골 할머니는 50년간을 똑같은 헤어스타일로 일관하기 때문에 일하기가 수월하다고 한다. 아구리할머니를 가장 애먹이는 것은 미용잡지 최신호를 들고 와 이대로 해달라고 주문하는 손님이다. 아구리할머니는 원래 낙천적인 성격이지만 단골 손님이 찾아올 만할 때 소식이 없으면 걱정이 태산 같다. 그 대신 이 손님이 나타나면 그보다 더 기쁜 일이 없다.

아구리할머니에게 있어 미용 다음으로 중요한 일은 1년에 한 번 고향을 방문하는 일이다. 금년에도 신간선을 타고 5시간이나 걸려 고향에 다녀왔다. 본가와 시가의 친척들이 많지만 아구리할머니가 정작 만나고 싶은 것은 이들이 아니라 소학교 동창들이다. 아직 3명의 동창이 생존해 있다는데 지금도 이들과 만나면 학창시절의 동심으로 돌아간다고 한다.

아구리할머니의 일대기는 2년전 NHK에서 '아구리'라는 제목의 아침 연속극으로 방영되어 대단한 인기를 끈 바 있다. 이 연속극은 아구리가 도쿄에서 미용사로 성공하기까지의 일대기이기 때문에 현재의 생활상은 필자가 독자적으로 조사해서 확인한 내용이다.

주인공이 실존인물이라는 것이 알려지면서 아구리할머니는 하루 아침에 일본의 유명인사가 되었다. 매스컴의 인터뷰 요청이 쇄도하여 귀찮아 죽을 지경이다. 99년도 미스 일본 선발대회에 헤어스타일 부문의 심사위원으로 위촉되어 대중 앞에 선보이기도 했다. 아구리미용실이 도쿄가 자랑하는 명소로 바뀐 것은 말할 것도 없다. 아구리는 90세가 되어 제2의 전성기를 누리는 최초의 인간이 되었다.

아구리할머니가 그 나이에 미용실을 열고 있는 것은 물론 먹고 살기 위해서가 아니다. 자식들도 이제 쉬라고 권유한다는 것이다. 하지만 기력이 남아 있는 한 자기가 좋아하는 일을 하다가 죽겠다는 것이 변함없는 아구리의 생각이다.

일본에는 90 넘은 국회의원도 있고 100세의 기업체 사장도 있다. 이것을 보면 아구리의 생각과 행동은 일본인의 직업정신이라고 볼 수 있다. 필자는 이 직업정신과 근면성이 오늘의 일본을 만들어낸 원동력이라는 확신을 가지고 있다. 아구리할머니는 아마도 백 살은 넘게 살며 계속하여 새로운 드라마를 연출해 나갈 것이다. 그녀의 하루하루가 감동의 드라마 바로 그것이기 때문이다.

화장실과 목욕탕 이야기

일본에서는 사람이 많이 모이는 백화점이나 공원 같은 곳에 가보면 눈에 가장 잘 띄는 것이 화장실 안내판이다. 그래서 일본에서는 화장실 이용이 아주 편리하다. 공중화장실 하면 냄새나고 불결하다는 이미지가 앞서는 우리와는 달리 일본의 화장실은 친근감이 앞서는 장소이다.

변소라는 말 대신 화장실이라고 부르기 시작한 것이 언제부터인지 확실치 않지만 일본에서는 화장실이라는 말은 그다지 사용하지 않고 있으며 통일된 명칭도 없다. 백화점이나 대학병원 같은 공공장소에서는 으레 토일렛이란 영어를 공용어처럼 사용하고 있지만 커피숍 같은 규모가 작은 시설이나 가정집에서는 보통 오데아라이(手洗)라고 부른다. 말 그대로 손 씻는 장소이다. 변소라는 말은 일부 학교 같은 곳에서 아직도 사용하고는 있지만 흔한 편은 아니다. 하지만 일본에 처음 가는 사람이라면 어느 경우에도 토일렛이란 말을 사용하는 것이 무리가 없다.

일본의 화장실은 공공시설이나 개인집 어디를 가보아도 청결한 것이 특징이다. 그래서 사용하는 사람에게 화장실은 참으로 편리하고 기분 좋은 곳이라는 이미지가 강하다. 공중 변소를 가보면 그 나라의 문화수준을 안다는 말이 있지만 일본을 빼어 놓으면 칭찬할 만한 나라는 그리 많지 않다. 아름다운 문화도시 파리의 공중 변소는 이곳을 찾는 관광객을 실망시키기에 충분할 정도로 더럽고 낙서투성이다. 급한김에 이용은 하지만 사용료까지 지불하고 나면 파리를 떠나고 싶을 정도이다. 구라파의 다른 나라나 미국도 이런 점에서는 별 수 없다.

일본에는 '화장실을 가보면 그 회사의 장래성을 알 수 있다' 는 말이 있다. '화장실이 더러우면 돈도 꾸어주지 마라'는 말도 있다. 화장실이 청결치 못하다는 것은 회사의 관리가 허술하며 고객 관리가 치밀하지 못하다는 증거라는 것이다. 이런 회사는 오래가지 못한다는 말이다. 그래서인지는 모르나 좋은 회사, 좋은 건물일수록 화장실이 유난히 깨끗하다. 화장실 내에 꽃을 장식해 놓기도 하며 향수를 뿌려놓기도 한다. 화장지의 끝부분을 곱게 삼각형으로 접어놓아 쓰기 편하게 해놓는 곳도 있다. 손님에게 좋은 인상과 신뢰감을 줄 것은 자명한 일이다. 이와 같은 원리는 개인집에서도 마찬가지로 인식되고 있다.

일본 사람은 옛날부터 집을 지을 때 화장실을 집안에 들여놓는 관습이 있다. 이것이 우리와 가장 다른 주거 생활양식이다. 일제시 일본 사람들이 집짓는 것을 보고 한국 사람이 가장 놀란 것이 바로 이점이다. 그 당시까지 우리는 '사돈집과 칙간은 멀리 있을수록 좋다' 는 것이 상식이었다. 화장실을 집안에 들여놓는 것은 상상도 할 수 없는 일로 안채와 뚝 떨어진 곳이나 담장 밖에 두어야 하는 것이었다. 냄새와 소리가 미치지 않아 좋기는 하나 추운 겨울 한밤중의 그 불편함이 이루 말할 수 없었다.

일본 사람들은 화장실을 안채에 설치하는 대신 냄새를 빼는 굴뚝을 세워 환기시키고 언제나 청결하게 관리함으로써 문제점을 해결한다.

일본인의 실용주의와 편의지향성을 단적으로 나타내는 대목이다. 우리가 유교적 형식과 절차에 얽매이는 동안 이들은 편리성과 과학성을 우선해 온 역사를 가지고 있다. 이것이 오늘날 일본이 우리보다 한 발 앞서가게 한 요인이라고 지적하는 사람도 있다.

일본에서는 고객을 상대하는 모든 시설에는 반드시 1개 이상의 화장실을 설치한다. '소바' 집이나 선술집 같은 요식업체의 경우에도 실내가 아무리 협소하더라도 반드시 실내변소 하나는 붙어 있다. 일본의 관습상 손님이 음식을 먹다가 밖으로 나가 용변을 보게 하는 것은 손님 대접이 아니라는 인식이 있다. 그래서 가게를 꾸밀 때부터 화장실은 최우선으로 확보해야 되는 공간이다. 더구나 화장실은 단순한 생리해결의 공간이 아니라 '데아라이' 즉 손을 씻는 장소라는 점을 중시하기 때문일 것이다.

세븐일레븐이나 로손과 같은 24시간 영업하는 편의점에도 반드시 실내에 화장실이 설치되어 있다. 우리나라에서는 아직까지 화장실이 있는 편의점이 있다는 말을 들은 바 없다. 그러나 편의점에 화장실 하나 없다면 편의점이란 말 자체가 무색하다.

요식업체의 화장실은 특히 청결하다. 이런 업소의 화장실 안을 잘 살펴보면 시간별로 체크하는 당번의 이름을 적어놓은 쪽지가 붙어 있다. 종업원이 돌아가며 청소를 책임지는 모양이었다. 일본의 화장실은 깨끗한 것을 좋아하는 이 나라의 국민성을 그대로 드러내고 있다.

일본인의 청결성을 보여주는 것 중의 또 하나가 이들의 목욕 습관이다. 옛날부터 일본인은 주택을 지을 때 예외없이 욕탕을 설치한다. 아무리 좁은 평수의 주택이라도 화장실과 더불어 욕탕이 차지하는 공간만은 우선적으로 확보한다. 서양인 같으면 샤워시설 정도로 만족할 만

한데도 욕탕을 고집하는 이유는 무엇일까.

일본인의 욕실은 반드시라고 말해도 좋을 정도로 독립된 공간이다. 우리처럼 욕탕과 화장실을 동일한 공간에 두지 않는다는 말이다. 우리처럼 화장실과 욕탕을 동일한 공간에 설치하면 좋을 것 같은데 10평짜리 원룸아파트에도 화장실 따로, 욕실 따로이다. 화장실 바닥에 물기가 끼는 것을 싫어하는 일본인 특유의 청결의식 때문인 것 같은데 아직까지 확실한 이유는 알 수 없다.

모든 집에 욕탕을 설치하는 것을 보면 알겠지만 일본인처럼 목욕을 좋아하는 국민도 없을 것이다. 목욕은 해도 되고 안해도 되는 그런 것이 아니라 생활 그 자체인 것이다. 일본인의 목욕은 욕탕의 물을 데워 몸을 담그는 방법을 취한다. 이 방법은 몸을 단순히 씻는 것 이외에 몸을 덥히며 피로를 푸는 의미를 갖는다. 열심히 일하는 일본인의 생활습관과도 관계있다. 서양 사람들처럼 샤워로 몸을 씻는 그런 것이 아니다. 그래서 욕탕은 집안의 필수 시설인 것이다.

어느 조사기록을 보면 일본 여성의 70퍼센트가 1일주에 7회 목욕하는 것으로 되어 있다. 거의 모든 여성이 매일 목욕을 즐기고 있다는 의미이다. 일본 여성은 목욕을 하지 않은 남편과는 잠자리도 같이 하지 않는다는 말이 있다. 의외로 목욕이나 샤워를 잘 하지 않는 서양 사람들과는 대조적인 현상이다.

일본인이 목욕을 즐기게 된 데는 이 나라의 독특한 기후조건과도 무관하지 않은 것 같다. 섬나라인 일본은 습기가 많아 여름철이면 무더위로 많은 땀을 흘리게 되고 또 열심히 일하는 일본인의 생활 습관상 피로를 풀고 땀을 닦아내기 위하여는 목욕이 필요했던 것은 아닐까. 더구나 얼마든지 쓸 수 있는 물과 온천의 나라가 일본이다.

가정 목욕탕과는 별도로 동네마다 공중 목욕탕이란 것이 있다. 이들이 센토(淺湯)라고 부르는 이 공중 목욕탕은 하루 일을 끝낸 서민들의 소중한 휴식처이다. 수건을 머리에 얹은 채 욕탕에 몸을 담고 동네사람끼리 담소하는 모습은 일본 사회의 풍속도이다. 센토의 주인은 특별한 존재이다. 남탕과 여탕을 훤히 내다볼 수 있는 위치에 자리잡고 있는 것부터가 그렇다. 벌거벗은 이웃집 생선 장수와 목욕탕집 주인 아줌마가 맞쳐다보며 대화하는 모습은 신기하기 이를 데 없다. 하기야 남녀혼탕의 풍속이 아직도 살아있는 것을 보면 일본의 욕탕문화 하나만은 참으로 특이하다는 생각이다. 일본에서 10년 넘게 살았어도 이 부분에 대하여만은 아직도 이질감을 통감하곤 한다. 그런 점에서 필자는 어쩔 수 없는 한국인임에 틀림없다.

휴대폰은 비지니스용이다

지금은 휴대폰시대라 표현해도 좋을 만큼 많은 사람이 휴대용 전화를 이용하고 있다. 거리에 나가보면 남녀노소를 불문하고 누구나 휴대폰을 들고 다닌다. 가히 폭발적인 인기다. 공중전화에 만족했던 것이 어제일 같은데 이제 걸어다니면서 전화를 걸고 받을 수 있게 되었다. 이보다 더 편리하고 고마운 것이 있을 수 없다.

인간이 증기기관차를 발명한 이래 가장 큰 문명의 이기는 아마도 전화와 TV일 것이다. 이제 휴대폰으로 인터넷까지 가능하다니 그야말로 혁명적인 문명의 이기가 하나 더 는 셈이다. 휴대폰이 한국에서 폭발적인 인기상품이 되고 있음은 어떤 면에서 당연한 일이다.

한국에서의 휴대폰의 보급율은 세계 최고수준이다. 미국이나 일본에 비하여도 앞서고 있다. 매사에 바쁘고 급하게 돌아가는 한국인에게 이보다 더 유용한 것이 없기 때문이다. 그러고 보니 휴대폰만큼 우리 한국인의 정서에 잘 영합하는 물건도 없는 것 같다. 지금 한국인에게 휴대폰은 최고의 인기품인 동시에 패션용품이며 필수품이 되어가고 있다.

휴대폰의 가장 큰 특성과 유용성은 뭐니뭐니해도 바쁘게 사는 사람들의 긴급 연락용이라는 데 있다. 그런데 우리나라에서 이 휴대폰을 가장 많이 애용하고 있는 층은 여자 중고생과 여대생이라고 한다. 그렇게 바쁠 것도 없고 긴급하게 연락할 일도 없을 것 같은 이들의 필수품이 되어버린 것은 아무래도 이해가 되지 않는다. 구입비나 통화료도 만만치 않은 것을 생각하면 아무래도 이들에게는 어울리지 않는 상품이다.

그보다 더 큰 문제는 때와 장소를 가리지 않고 이를 사용하는 사람들의 매너이다. 전차나 버스 안에서 옆사람을 의식하지 않고 큰 소리로 통화하는 것을 보면 이만저만 짜증이 나는 게 아니다. '나야, 별일 없어?' 식의 통화는 정말이지 울화통이 터진다. 더욱 가관인 것은 나잇살이나 듬직한 아주머니들까지 들고 다니며 여기저기 걸어대는 모습이다. 우리 사회에 공해가 한 가지 더 는 셈이다. 한마디로 우리나라에서는 이 문명의 이기가 제대로 쓰여지고 있지 않은 것이다.

최근 미국에서 살고 있는 조카가 한국을 다녀갔는데 대학1년생인 이 조카의 첫마디가 '왜 한국 대학생들은 모두 핸드폰을 들고 다녀요?' 하는 질문이었다. 그는 미국에서는 대학생이나 중고생이 핸드폰을 들고 다니는 법이 없다고 잘라 말했다.

우리나라보다 정보화가 앞선 일본에서도 휴대폰을 사용하는 사람이 많지 않다. 가끔 이것을 들고 다니는 셀러리맨풍의 남성들과 만나는 경우가 있지만 학생이나 아주머니들이 들고 다니는 경우는 매우 드물다. 필자가 재직하던 동북대학의 학생이 수천 명인데 교정에서 휴대폰으로 통화하는 것을 한번도 목격한 일이 없다. 교정 안의 공중전화도 별로 이용도가 높지 않은 것으로 보였다. 하기야 공부하러 학교에 온 학생이 외부와 연락할 일이 별로 있을 것 같지도 않다.

어느 일본 조사기관의 최근 통계를 보았더니 휴대폰을 소지한 세대(인구가 아님)는 불과 57. 7퍼센트에 지나지 않았다. 그중 남성이 67. 6퍼센트, 여성이 32. 4퍼센트를 차지하고 있었다. 연령도 30~39세가 48. 7퍼센트로 가장 많았고 20~29세가 18. 4퍼센트이며 10대는 거의 전무한 것으로 나타났다. 직업별로는 회사원과 공무원이 60. 3퍼센트로 절대 우위를 차지하고 자영업이 15. 7퍼센트, 무직이나 학생은 1. 1퍼센트 정도였다.

이 통계 숫자는 많은 것을 말해주고 있다. 여성보다 남성의 비율이 높고 30대층의 셀러리맨이 다수를 점하고 있다는 의미는 일본에서의 휴대폰은 한 마디로 업무용으로만 쓰여지고 있음을 시사하고 있다. 일본에서의 휴대폰은 사무용품과 같은 존재임을 의미한다. 꼭 필요한 것이 아니면 사지도 않고, 사용하지도 않는 일본인의 생활자세를 그대로 말해주는 것이다. 일본인의 실용주의정신이 여기에서도 잘 나타나고 있다.

더구나 일본에서는 지하철이나 버스에서 휴대용 전화를 아예 사용할 수 없다. 구내방송을 통하여 또는 창문에 경고문을 부착하여 사용금지를 강조하고 있다. 공공 장소에서의 전화 사용이 타인에게 혐오감을 주기는 한국이나 일본이나 마찬가지인 모양이다.

남에게 폐를 끼치는 행동을 삼가하는 일본인의 특성상 자제할 것이 기대되는데도 불구하고 적극적으로 이를 금하는 것은 이 전화의 공해 요소가 그만큼 크기 때문이다. 전차나 버스에서 사용할 수 없는 전화라면 구태여 들고 다닐 필요도 없다고 생각한 때문인지 일본에서는 휴대폰을 가지고 다니는 사람이 매우 드문 것이다.

요즘에는 휴대폰을 목걸이처럼 목에 걸고 다니는 학생들도 있다. 어느새 휴대폰이 장신구가 되어버린 것이다. 휴대폰이 없으면 애인과 수시로 연락할 수도 없어 연애도 제대로 할 수 없다고 한다. 휴대폰이 젊은이의 필수품이 될 수밖에 없다. 옛날에는 공부 못해서 왕따가 되었지만 지금은 휴대폰을 갖지 않으면 왕따가 된다니 알다가도 모를 일이다.

요즘 우리 10대 여성에게 최대유행이 휴대폰이라면 일본의 경우는 '굽 높은 구두'라고 말할 수 있다. 작년 여름부터 유행하기 시작한 이 여성용 구두는 종래의 하이힐에 비하면 상상을 초월할 정도로 굽이 높은 것이 특징이다. 처음에는 10센치 정도였던 것이 요즘에는 20센치를 육박할 정도로 급격히 높아지고 있다. 바닥이 높다하여 아쓰소코(厚低)라는 별명을 가진 이 구두의 굽이 앞으로 얼마나 더 높아질지는 아무도 모른다.

아직 폭발적인 인기라고까지는 말할 수 없지만 10대의 여성사회에 빠른 속도로 번지고 있는 이 유행이 하도 독특하여 유심히 관찰해 보기로 했다. 무엇보다도 이 아쓰소코에는 여기에 부수하는 패션이 따로 있다는 것이 특징이다. 허벅지가 훤히 드러나는 핑크색깔의 투피스에 얼굴 화장이 상식을 초월한다. 검정색이나 갈색의 짙은 얼굴에 흰색 립스틱, 그리고 노랑색과 자주색이 주조인 형형색색의 머리칼은 방금 폭탄을 맞은 듯 하늘로 치솟을 대로 치솟아 있다. 상식을 한참 벗어난 희한한 패션이다.

이 패션의 공적은 다리가 짧은 일본 여성의 컴플렉스를 해소하고 남을 정도로 늘씬한 일본 여성을 창조해냈다는 점이다. 다리가 긴 서양 여성에게는 전혀 어울리지 않을 것 같은 이 패션이 키 작은 일본 여성에게는 그렇게 잘 어울릴 수가 없다. 이 점에서 아쓰소코는 일본인의 개성을 잘 살린 패션이다. 그래서 이를 새로운 밀레니엄을 여는 '오리

지난 쟈파니스 패션'이라고 표현한 사람도 있다.

아쓰소코가 몰고 온 파장은 일본의 유통 업계에 새 바람을 불어넣고 있다. 요즘에는 1개층을 할애하여 이 패션만을 전문으로 취급하는 백화점이 출현할 정도이다. 10대풍의 전자음악이 요란한 가운데 아슬아슬한 미니스커트 차림의 아가씨들이 형형색색의 아쓰소코와 핑크 일색의 스커트며 악세사리를 고르고 있는 이색지대이다. 백화점의 매상고를 높이는 효자노릇을 톡톡히 하고 있다.

아쓰소코 여성이 저쪽에서 걸어오는 모습을 보면 귀여운 인형이 살아서 다가오는 느낌을 준다. 남성들은 이런 차림과 만나면 즐거워한다. 핑크색 일색이 주위를 밝게 해주기 때문이다. 이 패션은 장기불황으로 침체된 국민의 마음을 어루만지고 밝은 미래를 내다보게 하는 자극을 주고 있다고 말하는 사람도 있다.

이 패션의 두 번째 공적은 주변 사람들을 즐겁게 해준다는 점이다. 유행이나 패션은 그런 맛이 있어야 사람들의 사랑을 받게 된다고 생각한다. 요즘 우리 남녀대학생 사이에 유행하고 있는 구두는 폭이 좁고 앞끝이 길고 뾰죽하게 마무리된 해괴망측한 것인 모양이다. 지하철 안에서 얼마든지 볼 수 있는 이 패션을 보고 느낀 소감은 서양 만화영화에 나오는 마귀할멈의 신발 같다는 것이었다. 외면하고 싶을 정도로 마음에 들지 않는다. 이 흉칙한 구두차림으로 지하철 안에서 휴대폰을 남용하는 학생들을 바라보는 것은 필자에게는 하나의 재앙이다.

일본인과 까마귀

서울에서 관광 온 친구 내외가 우리 관사에서 하룻밤을 보내게 되었다. 다음날 새벽이 되자 친구 부인이 불안한 표정으로 서울에 전화를 걸어보아야겠다고 한다. 무슨 일인가 하고 물었더니 "새벽부터 저렇게 까마귀가 울어대니 아무래도 서울집에 무슨 일이 있는 것 같다"는 것이다. 아닌 게 아니라 새벽 시간인데도 불구하고 집밖에서 까마귀들이 요란하게 짖어대고 있었다.

일본에는 시골이고 도시고 할 것 없이 까마귀가 많다. 요즘에는 시골보다는 오히려 도시에 더 많이 모여든다. 동경 같은 대도시 주택가는 유난히 많아 온종일 까마귀 울음소리가 그치지 않는다. 까마귀 소리에 눈을 뜨고 까마귀 소리를 들으며 잠자리에 든다고 해도 과언이 아닐 정도이다.

대도시의 주택가에 까마귀가 많은 이유는 시골보다 도시에 먹을 것이 더 많기 때문이다. 아침 저녁 내다 버리는 쓰레기봉지만 뒤져도 먹을 것이 지천으로 나오기 때문이다. 까마귀에 쪼여 흩어진 쓰레기가 새벽 주택가를 엉망으로 더럽혀 놓기가 일쑤이다. 사람을 두려워 않는 이

새는 아이들이 먹고 있는 과자를 빼앗아 먹기 위하여 인간을 습격하는 일도 있다.

그런가 하면 어느 골프장에서는 까마귀가 골프공을 물고 날아가 버리는 사고가 빈발하여 대책에 골몰하기도 한다. 그래도 일본 사람은 까마귀를 퇴치하자는 소리를 하지 않는다. '까마귀는 익조' 라는 인식 때문이다. 우리가 제비를 익조라고 해서 보호하듯이 일본 사람은 까마귀를 익조로 알고 좋아한다. 심지어 까마귀를 노래한 동요도 있다. '가라스 나제 나쿠노' 로 시작하는 이 동요는 일본 사람이면 모르는 이가 없다. 그래서 일본땅은 점차 까마귀의 천국으로 변하고 있다.

까마귀를 가까이에서 보면 그렇게 흉측한 짐승도 없다. 그 색깔하며 덩치하며 울음소리 등 모두가 맘에 들지 않는 놈들이다. 이렇게 흉물스러운 짐승을 길조로 우대하는 일본 사람의 심사는 알다가도 모를 일이다.

우리 한국인의 감성은 직선적이어서 싫고 좋은 것이 확실하다. 그래서 까마귀가 인간에 다소 유익한 면이 있더라도 저렇게 흉칙한 몰골을 하고 있으면 좋아하지 않는다. 그래서 한국에서는 까마귀가 길조이기는커녕 가장 싫어하는 날짐승이다. 까마귀가 울면 불길한 징조라며 집 가까이서 울면 멀리 쫓아버릴 정도이다.

요즘 한국에서는 까마귀를 거의 볼 수 없다고 한다. 자기들을 미워하는 한국을 떠나 일본으로 몽땅 날아가 버린 것은 아닐까 하여 물었더니 정력에 좋다고 믿는 사람들에게 완전 섬멸되고 말았다는 대답이다. 싫어서 없앤 것이 아니라 좋아서 없애버린 모양이다.

아무튼 한국사람에게는 이른 새벽의 까마귀 울음소리만큼 기분 나쁜 것도 없다. 서울 가족에게 무슨 변고가 있는 게 아닐까, 회사에 부도가 난 것은 아닐까 하는 불길한 생각에 사로잡힐 수 있는 것이다. 이런 손님을 안심시킨다는 것은 여간 어려운 일이 아니다. 일본에서는 까마귀가 길조라든가, 까마귀 소리를 자기 혼자만 들은 것도 아닌데 하필 자신에 대한 불길한 징조로 받아들일 것은 뭐냐고 말해도 별로 소용이 없다.

그래서 요즘에는 한 가지 예방약을 개발하여 애용하고 있다. 아예 전날 밤 손님에게 예고해 두는 것이다. "내일 새벽에 까마귀가 울어대더라도 신경쓰지 말아라. 일본땅에서는 까마귀가 울면 좋은 일이 일어날 징조란다"

말은 바뀌지만 내가 살고 있는 집 이웃에 '타로'라는 이름의 애완견 한 마리가 살고 있다. 가끔 주인과 산보하는 모습을 보면 귀가 쫑긋하고 누런 색깔이 우리 진돗개처럼 생겨 여간 귀엽지 않다. 일본 사람이 개를 사랑하는 것은 아마 프랑스 다음쯤은 될 것이다. 이른 아침부터 개를 끌고 산보하는 사람도 프랑스 다음 정도로 많다. 프랑스와 다른 점이 있다면 일본에서는 개의 주인이 반드시 비닐봉지 하나씩을 들고 다닌다는 점이다. 개가 실례할 때 받아서 처리하기 위한 것이다. 그래서 파리의 새벽거리는 개똥천지인데 반해 일본은 언제나 깨끗하다.

그런데 타로란 놈에게는 한 가지 결점이 있다. 매일 새벽 4시쯤만 되면 영락없이 나의 안면을 방해하는 것이다. 개는 짖는 동물인데 타로란 놈은 짖는 게 아니라 운다. 그것도 거의 신음에 가까운 울음이다. 어느 때는 30분간, 길면 1시간이나 울어댄다. 이 타로의 신음소리가 새벽 까마귀 소리에 뒤섞이면 살맛이 나지 않을 정도이다.

타로가 울기 시작하면 소음에 예민한 나는 잠에서 깨어난다. "에이, 저놈이 또 울기 시작했군" 하며 한참을 뒤척인다. 타로가 울음을 그친 때는 주인이 먹을 것을 들고 나타난 순간이다. 타로의 울음소리가 그치면 그제야 나도 새벽잠에 빠지곤 한다.

도시생활에서 인간은 소음으로부터 완전 해방될 수는 없다. 하지만 소음도 나름이지 개의 신음 소리만은 정말이지 질색이다. 그렇다고 타로에게 그러지 말라고 꾸짖을 수는 없는 일이다. 한 가지 방법이 있다면 주인에게 항의하는 일이겠지만 그게 쉽지 않다는 것이다.

주변에 수십 명의 주민이 살고 있으니 이들도 타로의 신음소리에 고통을 받고 있을 텐데 어느 누구도 이것을 문제삼지 않고 있기 때문이다. 아무리 개를 사랑하는 일본 사람이라고 하지만 타로의 신음소리를 음악으로 들을 사람은 없을 것이다. 그렇다면 이것을 문제삼지 않는 것은 좋아서가 아니라 싫어도 자제하는 것이라고밖에 볼 수 없다.

일본 사람은 가능한 이웃과의 마찰과 갈등은 피하려고 노력한다. 동네 사람과의 공동체 의식이 강한 이들은 이웃과의 마찰이 일상생활에 얼마나 불편을 주는지 잘 알기 때문이다. 전차 안에서 발을 밟히고도 '스미마셍' 하고 먼저 사과하는 일본 사람들이다. 나보다도 먼저 남을 의식하는 생활에 길들여진 일본 사람들로서는 당연한 현상인지도 모른다.

필자도 그래서 자제하는 쪽으로 방침을 세웠다. 그랬더니 놀랍게도 얼마 후부터는 타로의 신음소리에도 잠만 잘 자고 있다. 그동안 면역이 되어버린 것이다.

남한테 조금도 손해를 보지 않고 이 세상을 살아가려고 하면 우선은 좋을지 모르나 그런 사람에게는 안정과 평화라는 것이 있을 수 없다는 사실을 말하고 싶었다.

일본인도 도박을 좋아한다

한국에는 있지만 일본에 없는 것이 있다. 카지노가 그것이다. 워커힐
이나 지방 관광호텔의 카지노 고객은 거의 일본인이다. 한국의 카지노
는 일본인 관광객이 아니면 운영이 안될 정도로 철저하게 일본 의존형
이다. 도쿄, 오사카를 비롯한 일본의 중대형도시에는 한국의 카지노업
자가 파견한 사원들이 갬블(노름)을 좋아하는 일본 고객 유치를 위하
여 동분서주하고 있다.

일본에는 있지만 한국에 없는 것도 있다. 파칭코가 그것이다. 파칭코
는 일본을 방문한 한국사람에게는 가장 이색적인 존재이다. 서양의 슬
로트머신과 흡사하지만 슬로트머신은 동전을 넣고 작동시켜 한꺼번에
승부를 거는 대신 파칭코는 '타마'(구슬)를 기술적으로 작동시키며 즐
기는 노름이다.

카지노가 '돈 걸고 돈 따는' 순수한 도박이라면 파칭코는 돈내고 즐
기는 일종의 게임과 같은 것이다. 그래서 사행행위를 엄격히 금하고 있
는 일본에는 카지노가 없는 대신 파칭코를 허가하고 있다. 하지만 파칭
코가 사행행위가 아니라는 것은 눈 가리고 아웅하는 식의 해석이고 파

칭코 역시 돈 걸고 돈 먹는 점에서 일종의 도박이다. 한번 맛을 들이면 전 재산을 거덜낼 때까지 손을 떼지 못하는 경우도 있다. 파칭코는 풍속업으로 경찰의 규제대상이 되고 있는 것만 보아도 알 만한 일이다.

파칭코는 점잖은 사람이 할 영업이 아니라는 인식이 있다. 그래서 일본 사람보다는 돈 버는 데 남의 눈치를 볼 필요가 없는 우리 재일동포 사회의 전업업종이 될 수밖에 없었다. 초기에는 은행에서 파칭코업자에게는 돈을 잘 빌려주었던 이유도 있어 민단, 조총련 구분없이 너도나도 이 사업에 뛰어들었다. 몇 년 사이에 도쿄와 오사카를 비롯한 대도시는 말할 것도 없고 지방의 중소도시에 이르기까지 한 집 건너라고 할 정도로 우후죽순처럼 늘어났다. 마침 거품경제로 돈이 흔해진 일본 서민들에게는 이보다 더 좋은 여가가 없었기 때문에 파칭코업은 말 그대로 황금알을 낳는 거위로 자리를 잡았다.

파칭코 산업의 최전성기는 95년인데 이 해에만 매출액이 약 27조 8천억엔이었다. 우리나라의 99년도 예산을 약 90조원으로 잡는다면 일본돈으로 9조엔 정도이니까 우리 1년 예산의 3배에 해당하는 금액이다. 95년도를 정점으로 하여 점차 하락하고 있지만 거품경제가 걷힌 현재도 약 20조엔선을 유지하고 있는 것으로 일본 당국은 추산하고 있다. 이같은 노다지판을 우리 교포들이 독점하다시피했으니 이 사업에 뛰어든 사람이 얼마나 떼돈을 벌었겠는가는 짐작하고 남음이 있다.

파칭코 사업은 이때까지 요식업, 숙박업, 고물상 등으로 유지해 온 우리 교포사회의 지위를 엄청나게 향상시킨 대신 교포사회를 빈부의 양극으로 갈라놓기도 했다. 파칭코가 노다지 캐는 사업이라는 인식이 확산되면서 일본인도 이 사업에 손을 대기 시작했고 최근에는 '타이에이' 와 같은 일본최대 유통업체가 막대한 자금력을 배경으로 이 사업에 뛰어들어 영세한 기존업소들을 위협하고 있는 실정이다.

그러나 파칭코에 대한 부정적인 이미지는 아직도 변함이 없다. 대부분의 일본 사람들은 파칭코로 벼락부자가 된 것을 정당한 사업 성과라기보다는 탈세와 변칙영업의 결과로 보고 있다. 순진한 서민들의 사행심을 자극하여 가정파탄을 초래하는 것도 문제라는 지적이 있다. 따라서 파칭코에 대 강력규제가 필요하다고 역설하는 소리도 만만치 않다. 얼마전 한 주부가 파칭코에 열중하여 승용차 안에 재워놓은 유아가 질식사함으로써 사회문제가 된 일도 있다. 한국에서 시집온 한 젊은 주부는 파칭코에 중독되어 일본인 남편의 예금통장까지 바닥을 내어 이혼당하고 쫓겨난 일도 있다. 파칭코점을 대상으로 한 강절도사건이 빈발하는 것도 파칭코의 부정적 이미지를 높이는 원인이 되고 있다.

그러나 저러나 더 큰 문제는 이제 이 파칭코가 더 이상 황금알을 낳는 기업이 아니라는 사실이다. 거품경제가 걷히고 일본경제가 장기 불황에 빠지자 파칭코 인구가 급감하고 있기 때문이다. 수입이 줄면 맨먼저 유흥비를 줄이는 것이 상식이다.

더구나 부실채권으로 수지가 악화된 시중 은행들은 파칭코업자에게 더 이상 돈을 빌려주지 않고 빌려준 돈마저 회수하기 시작하였다. 파칭코의 부정적 이미지가 확산되면서 주부들도 등을 돌리고 있다. 주 고객이던 청소년층은 컴퓨터 PC방이나 게임센타로 방향을 틀고 있다. 남의 건물을 빌려 은행돈으로 영업하던 약체업소들이 제일 먼저 문을 닫기 시작했고 그렇지 않은 가게들도 머지 않아 절반가량은 파산할 것이라는 관측이다.

파칭코의 몰락은 우리 동포사회의 쇠퇴를 의미하기 때문에 지금 동포사회는 위기감에 휩싸여 있다고 해도 과언이 아니다.

일본인의 사행심과 함께 이해하기 힘든 것이 그들의 미신풍조이다. 모리 총리가 '일본은 신의 국가다' 라고 주장하여 궁지에 몰렸던 일도 있지만 이같은 어처구니없는 발언은 어떤 면에서 일본인의 미신풍조를 대변하고 있다. 일본사회를 둘러보면 이 나라가 과연 세계 최고의 과학기술국인가 의심이 갈 정도로 비과학적인 면이 수없이 눈에 띈다. 모든 가정에 불단을 모시는 것도 그렇고 신사참배라는 것도 그렇다.

총영사 재직시 어느 인텔리전트 빌딩을 세우는 기공식에 참석한 일이 있는데 그 기공식이란 다름 아닌 '액풀이굿' 이었다. 승녀복의 신관이라는 자가 흰 종이테이프 같은 것을 주렁주렁 매단 대나무가지를 들고 나와 휘휘 젓기도 하고 물도 뿌리면서 독경을 하는 것이 우리의 굿거리와 조금도 다를 게 없었다.

승용차를 구입하면 맨 먼저 달려가는 곳이 동네 신사이다. 교통사고의 예방과 안전을 위한 '액풀이굿' 을 하기 위해서이다. 절이나 신사에서는 '운수대통' 이니 '소원성취' 라고 쓰여 있는 부적이 불타나게 팔리고 있으며 사람들은 이것을 소중하게 지니고 다닌다. 또한 이곳에서는 토정비결과 다름 없는 문구가 적힌 '미쿠지' 라는 종이쪽지를 팔기도 한다. 길을 걷다보면 나무 아래 세워진 붉은 천을 두른 작은 석불상과 수시로 만나게 되며 여기에 합장하고 있는 할머니의 모습도 전혀 생소하지 않은 것이 일본이다.

더욱 가관인 것은 신문이나 잡지에 실린 상품선전 문구이다. 돈지갑을 선전하면서 '당신에게 대금을 안겨주는 경이의 풍수파워. 대금이 통째로 굴러오는 운수대통. 지갑 하나로 당신의 운명이 달라진다. 억만장자의 꿈이 실현된다' 고 적어 놓았다. 부적 같은 이상한 그림을 팔면서 '이것 하나로 복권 2회 당첨은 필지. 금전운 건강운 가정운이 급상

승' 한다고 선전하기도 한다. 이런 미신풍조의 선전대상이 되고 있는 물건으로는 인감, 열쇄, 반지, 그림 등 종류가 다양하고 값도 1만엔에서 2만엔 정도라는 것이 특징이다. 더욱 이해할 수 없는 것은 권위있는 일간지에도 이런 선전기사가 실린다는 점이다.

그런데 신기한 것은 일본 사람들의 속에 들어가 이들과 함께 생활하다 보면 이런 것을 전부 미신이라고 단정하기에는 어려운 특별한 면을 발견하게 된다. 예를 들면 일본인은 해가 바뀌는 설날 아침 누구나 '하쓰모우데' 라고 해서 동네의 가까운 신사를 찾아 새해의 행운과 건강을 비는 행사가 있다. 도쿄 아사쿠사 사원의 넓은 앞길은 매년 설날이면 참배객으로 꽉 막혀 발디딜 틈이 없다. 수만 아니 수십 만의 참배객이 서서히 제단 앞으로 다가가 경건하게 합장하는 모습을 바라보고 있노라면 이것이 미신이라는 생각이 조금도 들지 않는다. 미신이라기보다는 이 민족의 전통과 관습이며 이것을 지켜나가는 자세가 부럽고 아름답다는 생각이 앞서는 것이다.

무엇보다도 일본인들은 미신적인 행동을 하면서도 실제로 미신을 믿는 것 같지는 않다. 신사참배나 액풀이굿도 하나의 행사일 뿐 그 이상도 이하도 아닌 것 같았다. 일확천금을 믿고 돈지갑을 구입하는 것 같지도 않았다. 지금까지 조상이 그렇게 해왔고 또 그렇게 하는 것이 기분이 좋으니까 한다는 그런 식이었다. 일본의 미신은 미신이라기보다는 그들의 전통이요 습관인 것으로 필자가 이해하게 된 것은 극히 최근의 일이다.

모방이 어째서 나쁜가

1,200만 인구의 도쿄시 한복판에 서 있는 도쿄역 청사는 지금으로부터 86년 전인 1914년에 지은 기념비적 건축물이다. 희고 붉은 벽재의 3층건물에 르네상스 양식의 화려한 지붕으로 장식된 이 역사는 우리의 구 서울역을 연상시키지만 규모나 미술적 가치면에서 비교할 수 없을 만큼 크고 화려하다.

그런데 이 건물이 화란 암스텔담시의 중앙역 건물을 그대로 모방한 것이라는 사실을 아는 사람은 드물다. 화란에서 생활한 친구의 말에 의하면 규모와 모양이 하나도 틀리지 않는 쌍둥이라고 한다.

일본은 약 150년 전 막부시대를 마감하고 근대적 정치체제의 명치시대를 열었다. 명치정부가 제일 먼저 한 일은 사람을 내보내 서양문물을 배워오게 한 일이다. 정치, 경제, 사회, 문화, 군사 등 모든 분야에서 앞서있는 서양에 대한 모방이 이때부터 시작된다.

도쿄역은 이때 파견된 사절단이 베껴옴으로써 탄생된 일종의 표절작품이다. 요즘말로 하면 지적재산권 침해에 해당하는 철저한 해적판이다. 도쿄거리에는 지금도 국회의사당을 비롯하여 구라파나 미국의 어디에선가 본 듯한 건물들이 수없이 서 있다.

일본의 외국모방은 이보다 훨씬 이전인 8~9세기의 헤이안(平安)시대부터 시작된 것이다. 당시 일본조정은 소위 견당사(遣唐使)라는 것을 당에 보내어 이 나라의 문물을 본따 국가체제를 갖추어나간 역사가 있다.

어느 나라고 선진문물을 모방하기 마련이지만 일본인의 모방의식은 도쿄역이 암스텔담역과 일치한 사실에서 보듯이 유별난 데가 있다. 일본인의 모방열은 '이것이냐 저것이냐' 가 아니라 '이것도 저것도' 라는 말이 있을 정도이다.

일본인의 모방의식은 이 나라의 문자에 가장 잘 극명하게 나타나 있다. 일본문자인 '카다카나' 는 누가 보아도 한자의 변형이다. 문자가 그 나라의 가장 대표적인 문화현상이라고 본다면 일본의 문화는 모방의 문화일지도 모른다.

일본 사람들처럼 외래어 쓰기를 좋아하는 국민도 없다. 영어에서 온 외래어가 단연 많지만 우리 한국어에서 온 것도 적지 않다. 일본인이 만들어 쓰는 외래어는 일본인이 발음하기 편리한 것으로 변형되기 때문에 정작 그 외래어의 어원국가에서도 이해하기 어려운 게 많다. 예를 들어 우리의 '김치' 만 해도 이들은 '키무치' 로 표기하고 발음하기 때문에 처음 들어서는 이해하기 어렵다.

모방을 좋아하고 외래어를 남발하고 있는 일본인을 대하다 보면 일본이 과연 주체성 있는 나라인가 하는 의문을 품게 될 정도이다. 그러나 이 문제에 대해 어느 일본인 교수의 견해를 들어보았더니 '남의 좋은 것을 배워 쓰는 것은 당연한 것 아니냐' 는 것이었다. 주체성과는 전혀 무관하다는 이야기였다. 실생활에 편리하고 유익하면 무엇이든지 받아들이는 실용적인 일본인의 모습을 여기에서 발견할 수 있다.

여기에서 한 가지 짚고 넘어가야 할 것이 있다. 그렇다면 일본인은 단순히 외국의 것을 모방만 하고 있는 것일까. 일본은 노벨문학상을 두 번이나 수상한 역사를 가지고 있다. 한자를 모방했다는 일본문자로 쓴 일본소설이 우리는 한번도 받지 못하는 노벨상을 두 번씩이나 받은 것이다. 일본문자가 남의 것을 모방하는데 그친 유치한 것이었다면 어떻게 인간의 오묘한 심리를 묘사한 '유키쿠니'(雪國)같은 작품이 탄생될 수 있었을까.

현대과학의 결정체라고 할 수 있는 미국의 인공위성은 일본에서 제작된 컴퓨터 없이는 힘을 못쓴다. 일본인이 서양의 과학기술을 단순히 모방하는 데에만 그쳤다면 어떻게 서양을 능가하는 컴퓨터 기술을 보유할 수 있었겠나 하는 점이다. 이같은 사실은 일본인의 모방이 단순한 흉내내기가 아니라는 것을 강하게 시사하고 있다.

이제는 쓸모없는 상품이 되고만 라디오가 서양상품이라면 트란지스터는 일본의 브랜드상품이다. 트란지스터는 일본인이 라디오를 모방하여 실생활에 편리하게 개선한 것이다. 라면은 중국면을, 워크맨은 녹음기를, 미니카메라는 라이카를 일본인이 자기상품화한 것들이다. 지금 세계시장을 석권하고 있는 일제상품의 대부분은 남의 것을 모방하여 여기에 부가가치를 높여 놓은 것들이다.

일본인은 상품만이 아니라 제도나 문화도 자기에게 편리하고 유익한 것이라면 서슴없이 받아들인다. 받아들이기는 하지만 단순한 흉내가 아니고 자기에게 알맞게 재창조한다는 것이다. 일본이 민주주의 국가이면서도 천황제를 고수하는 것이 그렇다. 일본인이 모방과 자기화의 천재라는 말이 그래서 나온 것이다.

일본인은 모방을 좋아하기 때문에 모방할 만한 것을 가지고 있는 상대는 존경하지만 그렇지 못한 상대는 무시하는 경향이 있다. 일본은 강자에 약하고 약자에 강한 민족이다 라는 말이 그래서 나온 것이다. 우리가 일본과 일본인을 어떻게 상대해 나가야 하는가에 대한 해답이 여기에 숨어 있다.

취미교실은 주부의 필수과정

집사람이 다니는 서도교실은 주택가의 골목길을 한참 돌아 들어간 곳에 서 있는 허름한 서민주택의 2층에 있다. 1층은 살림집이고 2층의 5평짜리 다다미방 하나가 교실로 사용되고 있다.

이 서도교실의 선생은 이 집의 여자주인인 오오토모(大友)상이다. 금년 63세의 이 아주머니는 이 집에서 40년간을 남편과 함께 살고 있다. 아들 하나가 있지만 이는 오오토모상이 낳은 게 아니라 남편이 젊어서 외도를 하여 데리고 들어온 자식이다. 지금은 성인이 다 되어 따로 살고는 있지만 언젠가는 이 집과 재산을 물려받을 법적 상속인이다.

70세의 남편은 조그마한 장사를 하다가 지금은 그만두고 가끔 낚시하러 가는 일 이외에는 할 일 없이 집안에 앉아 소일하고 있다. 남아 도는 방 2개를 하숙방으로 내어놓고 있어 여기에서 들어오는 하숙비와 서도교실의 수업료가 이 집의 생계를 유지해 주고 있다. 이 모든 일을 오오토모상이 도맡아 하기 때문에 남편은 있지만 그녀가 실질적인 가장이다.

그래서 오오토모상은 매일 눈코 뜰 사이 없이 바쁘고 고되기만 하다.

하숙객을 위한 식사며 청소, 빨래, 시장보기, 남편 돌보기 등으로 하루 해가 모자란다. 서도교실은 매주 1회 목요일 오후에만 열고 있지만 강의와 교재준비로 1주일 내내 신경을 써야 한다. 그 나이의 한국 주부에 비하면 정말 힘든 생활이다.

그럼에도 불구하고 오오토모상의 얼굴에는 항상 웃음이 감돌고 있다. 63세라는 나이가 믿어지지 않을 정도로 건강하고 얼굴에 주름살도 없다. 사람을 만나면 항상 명랑하고 친절하게 인사를 걸어온다. 일본여성이 대부분 그렇지만 한번 대화를 시작하면 끝이 없다. 계속 무엇인가 말하기 때문에 헤어질 때는 여간 미안할 정도이다.

오오토모상이 경영하는 서도교실의 학생은 다 해서 5명이다. 80세의 권도상이 최고령자이고 28세의 야마시다상이 가장 나이어린 막내다. 그 중간에 50대의 타나카상과 집사람이 있고 60대의 또다른 와타나베상이 전부이다. 이 교실에서는 남녀를 구분하고 있지는 않지만 여기는 여성 일색이다.

모두가 여성으로 전업주부라는 공통점 이외에는 세대차이가 엄청나고 생활환경도 모두가 각각이다. 타나카상의 남편은 은퇴한 은행원이며 야마시다상의 남편은 마이니치 신문사의 기자이다. 이렇게 서로 상이한 조건의 사람들이 한방에 앉아 사이좋게 공부하고 있는 것이다.

공부라고는 하지만 선생의 간단한 지도가 끝나면 그 다음은 거의 실습시간이다. 실습시간이 시작되면 말이 공부이지 이때부터는 거의 자유시간이어서 대화의 꽃이 피기 시작한다.

그 바쁜 가운데에서도 선생은 차를 끓여내고 오카시(과자)를 대접한다. 선생은 선생이면서 이 집의 주부이기도 하며 학생은 학생이면서 이 집의 손님이기도 하기 때문에 그 분위기가 어떻다는 것은 짐작할 수 있는 일이다. 그러니 오오토모상은 잠시도 앉아 있을 틈이 없다.

차를 마시며 나누는 대화란 거의 대부분이 살아가는 이야기로 가벼운 내용이다. 할머니는 남편이 젊었을 때 바람 피운 이야기로부터 시집간 딸 이야기 그리고 건강문제를 이야기하고 젊은 주부는 아이들 키우는 이야기나 반찬 만드는 이야기이다. 모두가 관심있고 재미있는 내용이다.

이들 일본인 주부들과의 만남에서 집사람이 감동한 것은 모두가 생각이 건전하고 예의가 바르다는 점이었다고 한다. 노소를 떠나 서로의 세계를 이해하려고 노력하며 늙었다고 대접만 받으려 하지도 않고 젊어도 무례하지 않다는 것이다. 남의 흉을 보는 이야기나 좌중의 기분을 상하게 하는 대화가 없다는 것도 여간 신기하고 인상적인 것이 아니다.

노인들이 가장 좋아하는 것은 젊은 사람이 살림이나 아이들 문제에 대하여 질문해 줄 때라고 한다. 있는 지혜를 다 짜내 대답하는 노인을 바라보면 눈물이 날 정도라고 한다. 이렇게 해서 가정에서도 이루어지지 않는 80대와 20대간에 대화가 이곳에서 이루어는 것이다. 일본의 취미교실은 단순한 취미생활의 영역을 훨씬 넘는 일종의 커뮤니케이션 센터라는 생각이 든다.

일본 주부들은 자기 이야기하는 것도 좋아하지만 남의 말을 듣는 것도 좋아하여 한국인인 집사람에게는 한국에 관한 이야기를 물었고 이런 질문에 일일이 대답하다 보니까 이 교실에 다니는 동안 집사람의 일본어 실력이 월등하게 향상되기도 했다. 일본인들의 살아가는 모습과 지혜 또한 이때에 많이 알게 되었다.

일본의 주택가에 들어가보면 이런 서도교실과 유사한 취미교실을 수없이 발견하게 된다. 서도교실, 차도교실, 꽃꽂이교실을 비롯하여 민요

교실, 요리교실, 키모노(일본옷)교실, 댄스교실, 일본춤교실, 그림교실, 삼미센(일본의 고유악기)교실, 카라오케교실 등 그 종류는 헤아릴 수 없을 정도로 많다.

모두가 가정집의 방 하나를 사용하는 미니교실이며 성인을 대상으로 하고 있다. 특별한 경우를 제외하고는 선생은 그 집의 주부이며 학생은 거의 모두가 인근에 살고 있는 주부들이다.

일본의 주택가에 취미교실이 많은 것은 이것을 배우려는 사람이 많기 때문이며 실제로 일본의 주부라면 연령이나 신분을 떠나 모두가 한 가지 이상의 취미교실에 다니고 있다.

그중에서도 서도와 차도와 꽃꽂이는 기본으로 일본의 주부라면 해도 되고 안해도 되는 것이 아니라 반드시 해야되는 일종의 필수과목인 셈

서도 교실의 동급생들
(30대에서 80대가 한방에서 공부한다. 오른쪽 앉은 사람이 오오토모상)

이다. 그만큼 이 세 가지 기능에는 일본적인 문화가 가장 짙게 배어 있다.

일본인들의 붓글씨와 펜글씨 솜씨는 바로 그 사람의 교양수준을 나타내는 것으로 인식되고 있다. 지금도 남에게 보내는 서신은 반드시 육필로 써야만 실례가 되지 않는다고 믿고 있다. 일본 사람으로부터 붓으로 쓴 정중한 편지를 받아보면 우선 성의가 고맙고 신뢰가 간다. 그래서 컴퓨터가 아무리 널리 보급되어 있는 일본이지만 서도를 익히는 사람은 줄지 않고 있다.

차도는 말 그대로 차를 만들고 마시고 방법이다. 일본의 차도는 한반도에서 전래된 것이라는 설이 있지만 일본의 차도처럼 일본적인 문화는 없다고 해도 과언이 아니다. 과거 우리 조상이 숭늉을 마시듯이 일본인은 차를 마시지 않고는 하루도 살 수 없다. 그래서 일본인의 장수 비결이 차를 마시는 습관 때문이라는 것이 정설로 되어 있다. 차를 마시되 우리가 숭늉 마시듯이 하는 것이 아니고 마시는 예법을 찾아 마시는 것이 일본식 차도이다.

일본의 꽃꽂이는 차도와 함께 일본의 가장 독특한 문화이다. 주로 생화를 장식하는 일종의 데코레이션이라고 볼 수 있지만 일본인은 자기들의 취향과 기호에 맞게 이를 이론화하고 정형화하여 이를 전통으로 전수해 오고 있다. 일본 사람의 집을 방문하면 어느 집이나 꽃을 예쁘게 장식해 놓고 있는데 하나같이 룰에 의거하고 있다. 그 꽃꽂이의 됨됨을 보면 그 집 주부의 교양을 금세 알 수 있다.

일본인의 3대 취미생활이라고 할 수 있는 서도, 차도, 꽃꽂이는 한결같이 인간내면의 아름다운 정서를 표현하려는 노력이 숨어 있다. 모두가 침착하고 정성어린 손길 속에서 이루어지는 것을 보고 있노라면 일본인이 경망하고 변덕스럽다는 식의 종래의 우리 인식이 잘못된 것이 아닌가 하는 생각을 하게 한다.

시도와 차도, 그리고 꽃꽂이를 제외한 나머지는 일종의 선택과목이라고 할 수 있는 것으로 희망에 따라 배우게 된다. 여러 과목을 동시에 배울 수 있는 까닭은 모든 과목이 1주에 한 번정도로 1회 2~3시간씩 공부하는 시스템이기 때문이다. 수업료는 보통 1개월에 3,000엔에서 5,000엔 정도이니 일본 수준에서는 부담없는 액수이다. 주택가에 취미교실이 많은 이유를 알 만하다.

취미교실 말고도 일본주부의 건전한 사고방식과 배우려는 자세는 일본의 대형서점에 가보면 금방 알 수 있다. 대형서점의 고객의 반은 여성이고 그중 절반 이상이 주부라는 사실이다. 요즘 대형서점은 아이들을 데리고 오는 주부고객을 위하여 서점 한켠에 아동놀이 시설까지 마련하고 있을 정도이다.

더욱 놀라운 사실은 시립도서관 등 공공도서관의 여성 열람객이다. 이들 도서관에 가보면 학생보다는 성인이 대부분인데 이들 중 절반가량은 여성 그것도 3,40대의 여성이 대부분이라는 사실이다. 열람실에서 전문서적을 펼쳐놓고 앉아 무엇인가 열심히 기록하는 주부의 모습은 우리나라의 도서관 풍경과는 너무나 대조적이다.

주부가 책을 읽는 사회는 건강하다. 주부가 건전한 취미생활을 즐기는 사회는 장래가 밝다.

일본의 주부는 다르다

"한국의 골프장에 웬 여성이 그렇게 많은지 깜짝 놀랐다. "

한국을 여행하고 돌아온 일본인 친구의 말이다. 여성들이 골프를 즐길 정도로 발전한 한국의 모습에 놀랐다는 것인지 아니면 한국여성들이 본분을 깨닫지 못하고 있다는 비아냥인지 알 수 없어 "아 그래?'하고 가볍게 받아 넘겼다.

최근 몇 년 사이에 우리나라의 골프장이 여성골퍼로 북적거린다는 것은 필자도 잘 알고 있다. 특히 평일의 골프장은 여성천국이라는 말도 있다. 한국인에게는 이제 별 이상할 것도 없는 이 현상이 한국에 다녀온 일본인에게 경이롭게 느껴지는 이유는 무엇일까.

그 대답은 한국이 아니라 일본에서 찾아야 한다. 일본의 골프장에 가보면 그 이유를 금방 알게 되기 때문이다. 일본의 골프장에는 주말이고 평일이고 할것 없이 여성골퍼가 별로 눈에 띄지 않는다. 어쩌다 만나는 여성의 경우도 외국인이거나 직업여성이 고작이다.

골프가 부자들의 스포츠이기는 일본도 마찬가지이다. 한 번에 2,3만 엔(2,30만원)이 소요되는 골프를 누구나 즐길 수는 없다. 더구나 근검절약이 몸에 밴 가정주부가 골프장에서 하루를 보낸다는 것은 좀처럼 어려운 일이다. 세계 최고의 경제국가로 자처하는 일본이 이런 실정이니 주말도 아닌 평일에 여성골퍼로 넘치는 한국의 골프장이 경이롭게 생각되는 것은 당연한 일이다. 그러니 일본인의 그런 말이 비아냥으로 들릴 법도 하지 않은가.

10년 전만 해도 우리나라에서 골프치는 여성을 보기가 매우 어려웠다. 그것이 4,5년 전부터 크게 달라지기 시작하더니 이제는 골프장이 여성전용의 여가선용장으로 변한 느낌이다. 필자가 아는 어떤 주부는 골프 없이는 세상 살맛이 없다고 말했다. 요즘 박세리나 김미현과 같은 한국의여성 프로골퍼가 세계를 제패하는 것도 이런 여성골프 붐과 무관하지는 않을 것이다.

여성골퍼가 늘어나는 것은 우리의 경제사정이 그만큼 높아진 때문이지만 그보다는 여성의 지위향상이 가장 큰 요인일 것이라고 생각된다. 남편이 직장에서 상관의 눈치를 보며 시달리고 있는데 대낮에 20만원씩이나 내고 하루종일 골프를 즐기기 위해서는 그만한 정도의 여권신장과 배짱이 없이는 불가능한 일일 테니까 말이다.

그렇다면 골프장에 여성이 보이지 않는 일본의 여성지위는 한국보다 뒤떨어져 있다는 뜻인가. 소득면에서 한국은 일본의 상대가 되지 않는다. 6천불과 3만불의 차이라고 보면 된다. 전국에 3,000개의 골프장을 가지고 있으며 어떤 현(도)은 우리나라 전체보다 더 많은 골프장을 보유하고 있다. 이렇게 소득면이나 골프환경에서 우리보다 월등한 일본에서 주부가 골프장에 나가지 않는 것은 어째서일까. 과연 일본여성의 지위가 낮아서일까.

일본의 어떤 주부에게 일본의 골프장에 여성골퍼가 많지 않은 이유를 물은 적이 있다. 그녀의 대답이 핀잔으로 되돌아왔다.

"살림하기도 바쁜데 주부가 골프장에 나갈 시간이 어디 있느냐. "

한 마디로 주부는 살림에 전념해야 한다는 이야기였다. 젊은 주부들은 아이들 교육이며 집안살림에 하루해가 짧으며 중년 이후의 주부들도 틈이 나면 서도나 차도 등의 취미생활에 몰두하기 때문에 골프 칠 여유가 없다는 것이다.

오늘날 대표적인 민주국가이며 선진국인 일본에서 여성의 지위가 우리보다 낮다고 생각하는 사람은 아무도 없다. 이렇게 보면 일본여성의 골프문제는 여성지위 문제와는 무관하다는 말이 된다. 그것은 일본여성의사고방식이나 생활자세의 문제라고 보아야 한다.

말은 바뀌지만 일본인 가정은 의외로 대가족 제도가 많이 남아 있다. 2대가 동거하는 경우는 흔한 일이고 3대, 4대가 한지붕 아래서 살고 있는경우도 적지 않다. 당연히 핵가족제도일 것이라는 우리의 추측과는 거리가 있다.

얼마전 결혼한 의사 아들 부부와 한집에서 생활하고 있는 사람에게 아이들과 함께 살고 있으면 여러 가지로 불편하고 아이들도 반대하지 않느냐고 물어보았다.

"같이 살아야 정도 들고 며느리를 가족의 한사람으로 만들 수 있기 때문이다. "는 것이 그의 대답이었다. 옛날 우리의 할아버지 할머니한테서 듣던 이야기를 오늘의 일본인한테서 듣게 될 줄은 꿈에도 몰랐다. 일본의 주택사정이 좋지 않아 어쩔수 없이 그렇게 살고 있다는 식의 대답을 기대했던 필자를 당황하게 하고도 남음이 있었다.

요즘 이 사람의 부인이 부엌일을 모두 며느리에게 맡기고 할 일이 없어 괜히 밖으로 나돈다고 한다. 부엌에 들어갈 일이 있어도 며느리의 눈치를 보아야 하기 때문이다. 그러니 말은 맡겼다고 하지만 맡긴 것인지 빼앗긴 것인지 분명치 않다. 부엌의 주도권이란 한번 빼앗기면 다시는 회복하기가 어려운 법이다. 부엌을 차지하는 사람이 살림의 주도권을 쥐는 것은 한국만의 이야기가 아닌 모양이다.

필자와 친한 어느 일본인 교수는 노모를 모시고 부인과 함께 아들 내외, 손주들과 한집에서 생활하고 있다. 4대가 한지붕 밑에서 동거하고 있다는 이야기이다. 경제적으로 어렵지 않고 가족이 모두 화목하니 아름다운 정경이라 할 수 있다. 어른을 모시고 아이들과 함께 한집에서 생활하는 우리의 전통적인 미풍양속이 모두 일본으로 건너간 것은 아닌지 모르겠다.

요즘 우리나라의 젊은 여성이 이런 이야기를 들으면 뭐라고 할까. 도저히 이해할 수 없다고 할 것이다. 특히 그 집 며느리의 입장을 생각하면 끔찍하다고 할 것이다. 그 많은 식구의 식사는 누가 짓고 청소는 누가 하며 빨래는 누가 맡아하느냐고 대들 것이다. 나는 이런 집안에서는 하루도 못산다고 소리지를지도 모른다. 이것이 우리 가정의 현실이다.

이같은 일본의 가정생활에 관한 이야기를 들려주면 어떤 사람은 옛날 야담을 듣는 것처럼 생소하다고 말하는 사람이 많다. 부엌의 주도권이니 4대 한지붕 동거니 하는 그리운 낱말들이 우리 주변에서 사라진지 오래기 때문이다. 그렇다면 우리의 현재의 가족제도와 가정은 어떤 의미를 가진 존재란 말인가.

시대가 변하고 인심이 변하고 제도가 변해도 변화해서는 안되는 것이 하나 있다. 그것은 가족과 가정의 소중함이다. 오늘날 우리의 핵가족제도는 하나의 가정해체 현상이다. 우리가 철저한 핵가족으로 가는데 반하여 대가족제도를 고수하려고 애를 쓰는 일본 사람들에게서 인간의 냄새를 맡았다고 하면 지나친 표현일까.

아이들 교육이 문제다

일본에서는 만 네 살이면 유치원에 들어간다. 그로부터 2년이 지나만 6세가 되면 우리의 초등학교에 해당하는 소학교에 입학한다. 이후 중학교 3년, 고등학교 3년, 대학 4년의 과정을 밟게 된다. 학제면에서 우리와 별 차이가 없음을 알 수 있다.

필자가 도쿄에 처음 부임했을 때 우리집 첫째 아이가 마침 네 살이 되는 해여서 일본 유치원에 보내지 않을 수 없었다. 우리가 거주하는 아파트에서 신호 두 개 정도의 거리에 조그마한 유치원이 하나 있었다. 높은 빌딩들 사이에 끼어 눈에 잘 띄지도 않지만 그 해가 개원 100주년을 맞는 유서깊은 유치원이었다.

이 유치원의 입원식이 있는 날은 마침 대사관이 쉬는 날이어서 필자도 학부모자격으로 참석할 수 있었다. 그런데 놀랍게도 이 행사에는 국기에 대한 경례나 애국가 제창 같은 국민의례가 없었다. 외국인인 필자로서는 이보다 더 다행스러운 일이 없었지만 후에 알고보니 일본에서는 유치원 뿐만 아니라 소학교와 중학교에서도 입학식이나 졸업식 때 국민의례 같은 것을 하지 않고 있었다.

그러니까 입원식이라고 해도 원장님의 인사말씀과 선생님 소개가 전부이다. 이 유치원의 원장님은 40대의 중년 여성이었는데 평생을 어린이들과 함께 했을 것 같은 느낌이 묻어나는 그러한 얼굴을 하고 있었다. 이날 원장님의 인사말씀은 참으로 인상적이었다.

　　미리 준비한 세 장의 그림을 들고 연단에 오른 원장님은 한참을 아무 말 없더니 그 중 한 장의그림을 원아들에게 보여주면서 "이 그림에서 잘못된 곳이 있는데 그게 뭐지요?" 하고 물었다. 사람의 얼굴인데도 귀가 빠져 있는 그림이었다. 아이들이 귀가 없다고 대답하자 원장님은 이렇게 말했다.

　　"그래요. 귀가 없지요? 사람은 귀가 없으면 아무 소리도 듣지 못합니다. 여러분은 귀가 있으니 오늘부터 선생님 말씀을 잘 듣고 시키는 대로 해야 합니다."

　　두 번째 그림은 입이 빠져 있는 것이었다. 아이들이 답을 맞추자 원장님은 다시 이렇게 말했다.

　　"그래요 입이 없지요? 사람은 입이 없으면 말을 못합니다. 여러분은 입이 있으니 오늘부터 선생님이 자기 이름을 부르면 큰 소리로 '예' 하고 대답해야 합니다. 그리고 선생님이 물어보는 것에 또박또박 대답해야 합니다."

　　마지막으로 눈이 없는 그림을 보여준 다음 원장님은 이렇게 말했다.

　　"그래요. 눈이 없으면 아무 것도 보지 못합니다. 여러분은 눈이 있으니까 오늘부터는 길을 건널 때 신호를 잘 보고 파란불일 때만 건너가야 합니다"

　　여기까지 설명하고 난 원장님은 '알겠지요? 하고 물었고 아이들이 '예' 하고 힘차게 대답하자 '이상' 하고 연단을 내려갔다.

처음 유치원에 들어오는 아이들에게 원장님으로서 얼마나 하고 싶은 말이 많았겠는가. 하지만 원장님은 백 마디 말보다 그림 세 장을 보여 줌으로써 아이들에게 하고 싶은 말을 다 한 것이다. 더구나 이 방법이 얼마나 효과적이었는가 하면 금년 30세가 되는 첫째 아이가 이때 일을 지금도 어렴풋이나마 기억하고 있을 정도이다.

일본에서는 아이가 유치원에 갈 때와 집에 돌아올 때는 직접 엄마가 데리고 다니도록 되어 있다. 이 일을 2년간 계속해야 하니 아이의 유치원 입학은 엄마에게 있어 또 하나의 힘든 일이 시작되는 날이기도 하다. 그래서 어떤 엄마는 아이가 유치원을 마치는 날 자기가 졸업이라도 하는 양 눈물을 흘리기도 한다.

엄마가 아이의 손을 잡고 유치원에 다니는 시간은 단둘이서 대화와 사랑을 나누는 가장 소중한 시간이기도 하다. 이 시간을 이용하여 엄마

유치원 원아들의 운동회 광경

는 아이에게 원장님이 한 말씀과 같은 내용을 몇 번이고 몇 번이고 반복하고 강조한다.

필자는 이같은 일본의 유치원 교육의 단면을 보면서 세계적으로 널리 알려진 일본인의 질서의식이나 준법정신이란 것이 선천적으로 타고난 특성이라기보다는 후천적인 교육의 성과가 아닌가 하는 생각을 하게 되었다.

일본의 어린이교육은 우리보다 의외로 보수적이며 엄격한 데가 있다. 지금도 대부분의 소학교는 반바지 차림으로 학교가 지정한 모자에 책가방을 등에 메고 다니게 하고 있다. 겨울철 영하의 날씨에도 예외가 없어 벌겋게 언 종아리를 내어놓고 반바지 차림으로 등교하는 아이들을 보면 일본 사람들이 독하다는 생각을 하게 된다.

학교뿐만 아니라 가정에서의 교육도 못지않게 엄격하다. 얼마전 필자가 잘 알고 지내는 일본 공동통신의 젊은 기자 한사람이 여섯 살짜리 아들과 함께 서울에 들른 일이 있다. 마침 필자도 서울에 머물고 있는 중이어서 시내의 모호텔 레스토랑에서 만나 점심을 함께 했다.

그런데 어른끼리의 대화에 싫증이 난 여섯 살짜리가 잠시도 가만 있지 못하고 여기저기 기웃거리는가 하면 의자에서 일어났다 앉았다 하며 계속 서성거리고 있었다. 식당 안을 한 바퀴 휘집고 싶은데 아버지가 마음에 걸린다는 눈치이다. 보통의 어린이라면 당연히 취할 수 있는 태도이다. 더구나 이 아이는 생전 처음 남의 나라에 왔기 때문에 모든 것이 신기하고 궁금해서 죽을 지경인 것이다.

하지만 호텔 레스토랑에서 아이가 뛰어다닌다는 것은 다른 사람에게 이만저만한 폐가 아니다. 이것을 잘 아는 아버지의 경계심과 뛰어놀고 싶은 아이의 호기심이 미묘한 긴장을 증폭시키고 있었다. 일본 사람의 생활형태와 사고방식에 관심이 많은 필자는 이 순간을 놓치지 않고 상황을 예의 주시키로 했다.

마침내 아이가 자기의 식탁을 막 떠나고 있었다. 이 순간을 예상이라도 하고 있었다는 듯이 아버지가 아이를 조용히 불러세웠다.

"타로, 타메!" (타로, 안돼)

타로는 아이의 이름이다. 멈칫한 아이는 한동안 가만히 있더니 약 5분이 지나자 이번에는 재빨리 자리를 떠나 다음 식탁까지 진출했다. 이때에도 아버지의 위기 관리능력은 나쁘지 않은 편이었다. 아버지는 아까보다 조금 더 엄한 표정으로 말했다.

"타로, 도우시다노. 타메쟈나이까!" (타로, 어떻게 된 일이야. 안된다니까) 아이는 울상이 되어 이번에도 제자리로 복귀했다. 그러나 다시 5분정도 경과하자 아이는 이번에는 결심이라도 한듯이 갑자기 두세 개의 식탁 저편으로 뛰어가고 있었다. 이에 당황한 아버지는 급히 뒤따라가 아이를 잡아다 의자에 앉혔다. 성난 얼굴로 조용히 꾸짖기 시작했다.

"타로, 히도니 메이와쿠가켓쟈 이케나이데쇼. 와캇타네. " (타로, 남에게 방해가 되면 안된다고 했잖아.)

아이는 이내 시무룩해지면서 드디어 포기하는 모습이다. 아버지의 설득이 성공한 것이다. 남에게 폐를 끼쳐서는 안된다는 아버지의 한 마디가 위력을 발휘한 것이다. 태어나면서부터 아이들이 귀가 따갑도록 들어온 이 한 마디가 아이의 마음을 움직였던 모양이다. 그렇지 않고서 아이가 어떻게 그렇게 쉽게 포기할 수 있겠는가.

10여 년전 프랑스에서 근무할 때 어느 지방을 여행하다가 뜻하지 않은 장면을 보고 크게 충격을 받은 일이 있다. 어느 공원 앞을 막 지나는데 10여 세로 보이는 남자 아이가 어머니로 보이는 여인에게 뺨이며 어깨를 마구 구타당하고 있는 장면을 목격했기 때문이다.

주변에 사람들이 있었지만 누구 하나 말리는 사람도 없고 관심을 보이지도 않고 있었다. 인간의 자유와 인권이 가장 잘 보장되어 있다는 프랑스에서 이런 일이 벌어지고 있다니 믿을 수 없어 함께 가던 교포에게 물어보았다.

그러나 의외의 대답이 돌아왔다. 프랑스 사람은 옛날부터 아이들이 어른 말을 안 들으면 체벌을 가하는 것은 물론 집에서 내쫓기까지 예사로 한다는 것이었다. 프랑스에서 자식에 대한 체벌은 부끄러운 일이 아니요 상식이라는 말이었다. 자기 자식에 대한 체벌은 인권의 유린이 아니요 올바른 시민을 만들어내기 위하여 불가피한 것이라는 결론이었다. 과거 프랑스의 시민혁명은 어려서부터 체벌을 견디며 자라난 시민의 손에 의하여 이루어진 작품이라는 것이 그의 부연설명이었다.

일본 사람들은 이 정도는 아니지만 자녀에 대한 가정교육의 엄격성은 프랑스에 못지 않으며 특히 어려서부터 질서의식과 사회성을 기르는데 많은 힘을 쓰고 있다. 필자가 거주하는 아파트의 엘리베이터에서 아침저녁으로 만나는 어린이들은 예외없이 공손하게 인사하며 어른에게 길을 내주고 있다.

요즘 우리나라의 어린이들은 어른을 보아도 인사할 줄 모르는 아이가 많다. 어른의 말을 들으려고 하지도 않으며 심지어 무시하기까지 하는 아이들도 있다. 아이들을 무슨 왕자나 공주처럼 감싸며 위하는 요즘의 젊은 부모들은 일본과 프랑스의 예를 귀담아 들을 필요가 있다. 기죽지 않는 아이로 키우겠다는 욕심은 좋지만 그 욕심이 자칫 자기만 알고 남은 어떻게 되어도 좋다고 생각하는 정신적 장애아를 만들어낼 수도 있기 때문이다.

젓가락 하나로 먹는다

　사람의 식습관은 역사적이고 문화적인 것이어서 쉽사리 바뀌는 것이 아니다. 그래서 식습관은 국가마다 민족마다 그 특성이 다르며 심지어 같은 나라 사람이면서도 집안의 내력이나 생활정도에 따라 서로 다른 것이 식습관이다.

　그런 점에서 같은 동양권으로 피부와 얼굴모양이 우리와 똑같은 일본인이 식습관 하나만은 우리와 크게 다른 것도 어느 면에서는 당연하다.

　일전에 서울에서 오신 집안 어른 한분을 일본식당에 모시고 간 일이 있다. 밥상을 대한 이 어른이 대뜸 한 말씀이 밥상에 어찌 숟가락이 없느냐는 것이었다. 일본 사람은 숟가락을 쓰지 않는다고 했더니 그럼 이 국('미소시루'라고 하는 된장국)은 어떻게 마시느냐며 막무가네다. 그냥 손으로 들고 조금씩 마시면 된다고 했더니 난감한 표정을 감추지 못하더니 혼잣말처럼 한 마디 던졌다.

　"쌍것들이라 할 수 없군."

　나라마다 식습관이 어떻고 하는 말은 이 어른에게 통하지 않을 것 같아 웃고 지나쳤다. 일본에 여행하는 사람이 늘어난 요즘에는 많이 없어졌지만 얼마전까지만 해도 이런 일은 흔한 일이었다.

일본인은 우리가 젓가락과 숟가락을 동시에 사용하여 식사를 하는 것을 보고 신기하게 생각한다. 특히 그것이 은이나 철제로 되어 있는 것을 보고는 아예 놀라고 만다. 식사를 하는데 숟가락이 왜 필요하며 더구나그 무거운 금속이 왜 필요한지 이해가 안되는 모양이다.

일본인은 젓가락 딱 한 가지, 그것도 아주 가벼운 나무젓가락 한쌍이면 모든 식사문제가 해결되기 때문이다. 나무젓가락 하면 흔히 1회용 '와리바시'를 연상하겠지만 이것은 식당용일 뿐 보통 가정집에서는 사용하지 않는다. 가정에서 쓰는 나무젓가락은 예쁜 그림으로 장식된 반영구적인 것들로 고급품은 금은제품보다도 더 비싼 것도 있다.

젓가락만을 사용하는 식사습관 때문에 일본 사람은 밥도 주발에 퍼서 먹지 않고 공기에 담아 먹는다. 우리 숟가락으로 한두 숟가락 정도밖에 되지 않을 양을 작은 공기에 담아 이것을 들고 먹는다. 밥알을 떨어뜨리지 않기 위하여 밥공기를 입 가까이 가져다 대고 조심스럽게 젓가락으로 조금씩 떠 먹는 일본인의 모습을 상상해 보기 바란다.

국을 마시는 방법도 그렇다. 이 사람들도 국을 마시지만 우리같이 큼지막한 국사발이란 것이 없고 밥공기와 비슷한 크기의 작은 그릇에 담아 내어 놓는다. 이 국그릇을 양손에 들고 조심스럽게 입에 가져다 대고는 조금씩 소리없이 마시는 것이다.

언젠가 어느 일본인에게 이런 식사모습을 지적하면서 우리는 밥그릇이나 국그릇은 상에 내려놓은 채 숟가락으로 떠 먹는다고 했더니 엉뚱한 반응이 돌아왔다. 그렇게 먹는 것은 마치 개가 밥을 먹는 모습이기 때문에 옛날부터 일본 사람은 그릇을 들고 먹는다는 것이었다.

식습관은 한나라의 역사와 문화의 표현이고 적어도 이 점에서만은 우리가 일본에 꿀릴 것이 조금도 없는데 지금 일본인의 이 말은 의도적이든 아니든 우리의 역사와 문화로서의 식습관을 비하하는 괘씸하기 짝이 없는 말이다.

　그래서 당신들은 식사를 하는데 손가락이나 다름 없는 원시적인 젓가락 하나밖에 쓸 줄 모르니까그렇게 할 수밖에 없는 것이다. 미국이나 프랑스와 같은 서양의 선진국가를 보라. 칼, 삼지창, 스푼 등 도구가 얼마나 많은가. 그에 비하여 미개국일수록 손으로 먹는 것 못 보느냐. 더구나 그릇을 들고 먹는 상스러운 나라가 어디 있는가 하고 지적했더니 아무 말도 못했다.

　한국음식 가운데 일본인이 가장 좋아하는 음식은 아마도 비빔밥일

온천 호텔에서의 일본식 식사광경
(각자가 상 하나씩을 차지하고 있는 것이 특이하다)

것이다. 불고기와 김치가 있지만 식사로서의 단일 품목은 단연 비빔밥이다. 일본인이 이것을 좋아하는 이유는 일본에는 이와 유사한 음식이 없기 때문이다. 일본 사람은 종류가 다른 음식을 서로 혼합해서 먹는 것을 상상도 못한다. 일본에 숟가락 문화가 없었기 때문이다. 다시 말해 젓가락 하나로는 음식을 비빌 수 없기 때문이다.

일본말에는 '만다'는 단어가 애매하다. 섞는다는 말은 있지만 뉘앙스가 전혀 다르다. 그래서인지 일본 사람은 밥을 국이나 물에 말아먹는 법이 절대로 없다. 물론 숭늉이란 것도 없다. 애초에 숟가락이 없기 때문이다.

그리고 보니 '비빈다'라는 말 역시 애매하다. 혼합한다는 뜻이겠지만 여러 종류의 음식을 밥과 비비는 것을 혼합한다고 말한다면 이보다 더 맛없는 표현이 어디 있겠는가. 그래도 비빔밥 발음이 어려운 일본인은 으레 혼합한 밥의 의미인 '마젯다고한'을 달라고 주문한다. 이런 판이니 우리의 한국 전통음식인 설렁탕이나 국밥 같은 것도 있을 까닭이 없다. 물론 찌개도 마찬가지이다.

일본음식은 담백하고 삼삼한 것이 특징이다. 우리처럼 음식끼리 섞지 않기 때문에 음식마다 모양이나 맛이 제각기 다르고 개성이 분명하다. 담백하고 삼삼하다는 것을 '앗싸리' 또는 '삿파리' 하다는 표현을 써서 이들 음식맛의 좋은 점을 강조한다. 오늘날 일본음식이 한국음식보다 국제적으로 인기가 높고 고급이라는 인식을 갖고 있는 이유가 있다면 바로 이점 때문일 것이다.

일본의 전통음식인 '스시'를 보면 금방 이해할 수 있다. 날생선을 간장에 찍어먹는 것이 일본의 최고요리인 스시인 것이다. 우리는 같은 생선이라도 초고추장에 찍어 먹고 찌개로 끓여 먹는다. 그 초고추장이란 것도 알고 보면 고추장에 마늘에 초에 고추에 그야말로 잡탕이 아닌가.

이처럼 우리 음식은 어떤 면에서 혼합에 치우친 감이 있다. 우리 음식을 먹어보면 국에서도 김치맛, 찌게에서도 김치맛, 전에서도 김치맛이다. 음식의 숫자는 많지만 음식마다의 개성이 없고 그게 그것인 두리뭉실이다. 어떤 사람은 이같은 두 나라의 음식맛의 차이점이 바로 두 나라의 국민성의 차이점이라고 지적하기도 했다.

일본 사람의 식습관 가운데 우리와 아주 다른 것이 또 하나 있다. 우리는 밥상 하나에 여러 사람이 먹을 반찬이 함께 차려져 나온다. 밥과 국을 제외하면 모든 반찬을 내것 네것 없이 각자가 젓가락으로 집어 먹는다. 같은 반찬 그릇에 여러 개의 젓가락이 교차하고 하나밖에 없는 찌개냄비 속에서는 이사람 저사람의 숟가락이 서로 부딪친다. 이것은 가정에서도 그렇고 음식점에서도 마찬가지이다.

하지만 여러 사람이 자기 입에 담았던 숟가락으로 한냄비의 찌게국물을 떠먹는 습관은 문화국가에서는 아마 한국밖에 없을 것이다. 어떤 사람은 이런 광경이야 말로 우리 민족이 세계에 자랑할 만한 아름다운 풍습으로 한국인이 정이 많다는 증거라고 말한다. 우리 민족의 굳은 단결력과 가족간 희생적인 유대감이 다 이런데에서 나오는 것이라고 주장하는 사람도 있다.

이에 비하여 일본 사람은 자기가 먹을 분만 따로 차려먹으며 먹는 것에 관한한 내것과 남의 것이 분명하다. 한상에 가득 차려놓고 여럿이 적당히 나눠먹는 것은 일본에서는 있을 수 없다. 일본의 온천장 같은 대형여관에 가보면 100명이면 100명의 손님에게 각자 별도의 밥상을 차려준다. 드넓은 다다미방에 똑같은 음식을 차려놓은 밥상이 줄을 맞추어 늘어서 있고 이 밥상을 대하고 앉아 질서정연하게 식사하는 일본인들보다 경이로운 광경은 없다.

일반 가정에서는 이런 방법이 번거롭기 때문에 한상에 차려놓고 먹기도 하지만 이때에도 각자의 접시에 자기 먹을 분을 미리 덜어놓고 먹는 것이 철칙이다. 남이 먹을 음식에 자기의 젓가락을 대는 것보다 실례는 없다. 그래서 음식 그릇마다 덜어내는 젓가락이 별도로 준비되어 있다.

일본 주부가 요리를 만들면서 맛을 보는 모습은 참으로 특이하다. 우리는 보통 국자로 떠서 입에 대고 맛을 보지만 일본 사람은 국자로 뜬 국물을 일단 별도의 접시에 담아서 맛을 본다. 국자는 다시 음식 속에 들어가는 것이기 때문에 입을 대면 안된다는 판단 때문이다. 이에 비하면 내가 먹던 숟가락으로 찌개국물을 떠서 남에게 맛보게 하는 것이 우리 주부들의 후덕한 인심이다.

일본 사람은 음식 먹는데 관한한 우리보다 정스러운 면이 없고 지나치게 위생적이며 개인 위주이다. 그럼에도 불구하고 한그릇밥을 먹는 우리 국민에 못지않게 단결력이 강하고 집단주의 성격이 강한 이유는 무엇일까.

남 앞에서 울지 않는다

세계적으로 명성 높은 일본의 대형 증권회사 야마이치(山一)가 작년에 쓰러졌다. 야마이치 증권회사의 도산은 두 가지 점에서 일본뿐만 아니라 전 세계에 커다란 충격을 던져주었다.

하나는 일본의 대표적인 증권회사가 하루아침에 무너진 데 대한 놀라움에서 오는 충격이고 다른 하나는 이 회사 사장의 텔레비전 인터뷰 장면의 처절함이 던져준 충격이다. 인터뷰하는 사장의 일그러진 얼굴이 NHK의 방송망을 타고 전세계로 퍼져나가자 타임지는 그 얼굴을 표지그림으로 장식했고 한동안 이에 대한 사람들의 화제가 그칠 줄 몰랐다.

필자도 일본에서 텔레비전을 통하여 보았지만 눈물과 콧물이 뒤범벅이 된 얼굴로 통곡하면서 사원들의 선처를 비는 60이 넘은 한 사내의 처참한 모습에 큰 충격을 받은 바 있다. 그 사장의 심경과 책임감은 이해되지만 일본인이 남들 앞에서 그것도 전 세계가 지켜보는 텔레비전 앞에서 통곡하다니 이해할 수 없는 일이었다.

일본인은 아무리 슬픈 일이 있어도 남 앞에서는 좀처럼 눈물을 보이지 않는 국민이기 때문이다. 일본인은 남 앞에서는 결코 울지 않는다. 남이 보지 않는 곳에서 혼자 우는 일은 있어도 남 앞에서는 결코 울지 않는다. 필자는 10년간 일본에서 생활한 경험이 있지만 그동안 한번도 우는 사람을 본 기억이 없다. 그 흔한 텔레비전 드라마에서조차 우는 장면은 보여주지 않는다.

언젠가 김포공항에서 경험했던 일이다. 떠들썩한 공항 로비가 갑자기 조용해지면서 대기하고 있던 일본 관광객들이 눈을 둥그렇게 뜨고 텔리비전 화면을 뚫어지게 바라보는 것이 아닌가. 무슨 중대사고라도 발생했나 싶어 고개를 돌려보니 아침 연속극이 한참 방영되고 있었다. 일본 사람들이 놀란 것은 드라마의 여주인공이 갑자기 소리소리 지르며 울부짖었기 때문이었다. 아무리 드라마라고는 해도 남 앞에서 큰 소리로 울부짖는 일은 일본에서는 상상도 할 수 없다.

6년 전 관서에서 대지진이 발생했을 때 일본의 NHK방송을 시종일관 지켜본 일이 있다. 사고 초기에는 무너져내린 건물과 그 밑에 깔린 사람들의 처참한 장면을 방영하여 사고의 심각성을 시청자에게 시시각각 알려주고 있었다. 이어서 방송은 인명피해 상황과 구조작업에 초점을 맞추어 집중보도함으로써 잠시도 핵심을 벗어나는 법이 없었다.

그 아비규환 속에서도 침착하게 구조구호 활동에 임하고 있는 관계자의 모습을 통하여 국민을 안심시키고 있었다. 피해자나 희생자 유가족의 동정도 소개되고 있었지만 비탄에 빠져 울고 있는 사람은 한 사람도 보이지 않았다. 순식간에 남편과 자식을 잃은 부녀자도 있고 일평생 모아놓은 재산이 잿더미로 변한 사람도 많을 텐데 우는 사람이 없다니 믿어지지 않았다. 일본 사람들은 생각보다 훨씬 침착한 민족이구나 하는 느낌을 받지 않을 수 없었다.

관서 대지진의 현장을 지켜보면서 필자는 그 얼마 전에 서울에서 발생했던 삼풍백화점 붕괴현장을 상기하지 않을 수 없었다. 당시 이 현장을 중계하던 한 아나운서가 지금은 중견 정치가로 변신할 정도로 오래된 일이지만 이 사고의 참상은 아직도 우리 기억에 생생하다.

당시 우리 매스컴도 24시간 사고참상을 현장중계한 바 있다. 그런데 방영되는 내용을 보면 구조작업 현황이 절반정도이고 나머지 절반은 유족의 동정에 할애하고 있었다. 유족의 동정이란 한 마디로 땅을 치며 통곡하거나 정부와 업주를 규탄하며 폭력화되어 가는 모습이 전부였다.

처자식을 일시에 잃은 유족이 슬퍼하는 생생한 모습을 통하여 사고의 심각성을 알리고자 한 매스컴의 입장을 이해 못할 것은 없었지만 유족의 동정에 지나치게 초점을 맞추다보니 보도가 선정적으로 흘러 온 국가가 초상집처럼 변하여 사람을 비탄에 빠지게 하고 있었다. 과도한 취재 경쟁이 신속해야 할 구조작업에 지장을 준 것은 말할 필요도 없다.

그러나 여기에서 우리 매스컴의 보도 자세를 논하고 싶은 마음은 없다. 필자가 지적하고 싶은 것은 우리 국민의 감정표현이 일본 사람과는 다르다는 점이다. 일본의 관서 대지진과 한국의 삼풍사건에서 보여준 유족의 태도에서 극명하게 나타났듯이 우리 한국인의 감정표현은 일본인에 비해 직선적이고 과격한 데가 있다.

희노애락이 금세 표정으로 나타나 좋으면 잘 웃기도 하지만 슬플 때는 언제 어디서나 잘 우는 것이 우리 민족이다. 특히 슬픔을 표현하는 방법이 과격하여 정도에 따라 그냥 우는 게 아니고 땅을 치거나 몸부림을 친다. 심지어 벽에다 머리를 박고 자해소동을 일으키는 경우도 있다. 나이 먹은 부녀자중에는 통곡하며 판소리하듯 사설을 늘어놓는 사람까지 있다. 아무튼 우리의 감정표현은 지나칠 정도로 과격하고 유별난 데가 있다.

더구나 이해할 수 없는 것은 우리나라 사람은 슬플 때만 우는 게 아니라는 점이다. 기쁨이 지나쳐도 운다. 얼마전에 있었던 남북 이산가족의 상봉장면을 상기해 주기 바란다. 기쁘고 은혜로운 자리가 온통 울음바다였다. 웃는 사람은 정신이상자 취급을 받을 정도로 우는 것이 당연한 분위기였다. 슬퍼서 울고 기뻐도 우는 것이 우리 민족이다. 우리나라 사람이 정이 많다는 증거임을 몰라서 하는 소리가 아니다.

우리에 비하여 일본 사람의 감정표현은 온화하고 이성적이다. 이 말은 일본인의 감정이 메말라 있다는 뜻은 결코 아니다. 감정을 표현하는 방법이 우리처럼 직선적이지도 않고 과격하지도 않다는 뜻이다.

지금으로부터 4년 전 북해도에서 터널이 무너져 40명의 승객을 태우고 지나가던 버스가 매몰되는 사고가 있었는데 승객의 대부분이 등교길의 어린 중학생이서 사람들의 마음을 더욱 아프게 하였다. 이 대형 참사를 취재하는 치열한 보도경쟁을 필자는 일본에서 지켜볼 수 있었다.

이 사고의 현장중계는 한 마디로 구조작업의 진척상황에만 초점을 맞추고 있었다. 사고현장 본부에 학부모들이 모여들어 구조작업을 애타게 지켜보고 있었지만 이들의 동정은 거의 보도대상이 아니었다. 간혹 학부모에게 마이크를 갖다대는 장면도 보였지만 한결같이 입을 다물거나 구조상황을 지켜보자며 오히려 보도진을 자제시키고 있었다. 이미 전원이 사망한 것으로 간주되는 상황에서도 울부짖거나 규탄하는 행동을 하는 사람이 없었다.

일본의 텔레비전에서도 이따금 이산가족 상봉장면을 방영하는 경우가 있다. 중국 잔류 일본인 고아의 귀환시에 있던 일이다. 중국에 살던 일본인으로서 패전으로 도망쳐 나올 때 다급한 나머지 갓난아기를 중국인에게 맡기고 돌아온 사람이 적지 않다. 이 아이들이 갖은 고생을 하며 4,50대 어른으로 성장하여 부모 형제를 찾아오는 경우이다.

일본말은 한 마디도 못하고 영양상태도 좋지 않은 이들을 맞는 일본인 가족의 마음이 얼마나 아프겠는가는 상상하고도 남음이 있다. 거기에 자식을 버리고 온 죄책감도 적지 않으리라. 그런데 이들의 상봉장면은 우리와는 사뭇 다르다는 것이다. 우리의 이산가족상봉보다도 더 극적이고 절실한 만남인데도 불구하고 누구 한 사람 몸부림치며 우는 사람이 없다는 것이다. 남몰래 손수건으로 눈자위을 닦아내는 정도가 이들의 심경을 짐작케 하는 동작의 전부였다.

일본에 살면서 장례식에도 여러 번 참석하여 보았지만 유가족의 울음소리를 한번도 들은 기억이 없다. 단정한 차림으로 조문객을 맞는 유족의 얼굴에는 웃음기마저 감돌고 있었다. 사실인지 모르나 가정에서 상을 당하면 여자들은 먼저 미장원에 다녀온다는 말이 있다. 단정한 모습으로 조문객을 맞는 것이 예의이기 때문이라는 것이다.

일본 사람과 어울려 생활해 보면 그들의 감정 세계가 우리와 조금도 다를 게 없다는 것을 알게 된다. 소설이나 영화를 보아도 마찬가지다. 일본이 자랑하는 노벨문학작품 유키구니(雪國)를 읽어보면 이들처럼 정서적이고 감성이 풍부한 사람들도 없다. 이들도 기쁘면 웃고 슬프면 운다. 다만 감정의 표현방법이 우리와 다르다는 점이다. 한 마디로 일본 사람은 감정을 절제할 줄 안다는 것이다.

남 앞에서 우는 모습을 보이는 것은 남의 마음을 언짢게 하거나 슬프게 하는 것이다. 이는 남에게 폐를 끼치는 행동이다. 남에게 폐를 끼치는 행동은 일본인이 가장 싫어하는 일이다. 남을 우선 배려하는 일본인의 사고방식이 여기에도 잘 나타나 있음을 알 수 있다.

그래서 이들은 가능한한 감정을 절제한다. 이렇게 감정을 절제하는 것을 일본 사람들은 감정을 죽인다고 말한다. 실제로 감정을 억제한다고 말할 때 이들은 죽인다는 뜻의 '코로스' 라는 용어를 사용한다.

서양 사람들은 감정을 억제한다는 뜻에서 '컨트롤' 이라는 표현을 쓰지만 뉘앙스의 차이가 크다. 감정을 억제하거나 절제하는 것이 아니고 아주 죽여버리는 것이 일본이다.

일상생활에서 감정을 죽이고 살아가는 사람들 그것이 일본인이다. 남에게 친절하고 겸손한 자세 그리고 뿌리 깊은 근검절약과 질서의식 등 오늘날 우리가 말하는 일본인의 모든 특성이란 것도 알고보면 감정을 죽이고 살아갈 줄 아는 그들의 지혜에서 얻어진 것들이다.

엔카는 영원하다

일본은 '엔카'의 나라이다. 엔카는 연가(戀歌)라는 뜻인데 우리의 유행가라는 말과 같은 의미로 사용된다. 대중이 즐겨 부르는 노래는 대부분이 사랑을 주제로 한 것이기 때문에 일본은 이것을 사랑노래 즉 연가라고 표현한 것이고 우리는 좀더 포괄적인 의미로 유행가라고 표현했을 뿐이다.

금년초에 일본의 어느 무명가수가 부른 '마코'(孫)라는 노래가 일본 열도를 떠들썩하게 만든 일이 있었다. 텔레비전과 라디오는 물론이고 각종 유흥업소와 '카라오케'(노래방)에서 이 노래가 단골 메뉴처럼 흘러나오고 있었다. 일본의 한 시골에서 농장을 경영하며 취미삼아 노래를 부르고 있던 50대의 한 농부 가수가 자기 손자에 대한 애틋한 사랑을 노래로 표현한 엔카이다. 이 노래 한 곡을 담은 CD가 시중에 나오자 한달 사이에 100만 장이나 팔려나가는 공전의 대 히트를 친 것이다. 이같은 기록은 일본 가요사상 처음 있는 일이라고 한다. 일본 국민이 얼마나 엔카를 좋아하고 사랑하는지 짐작할 수 있다.

일본 국민의 엔카에 대한 사랑은 10여 년전에 사망한 미죠라 히바리라는 여가수가 아직도 일본의 국민가수로 사랑과 추앙을 받고 있는데에서도 잘 나타나 있다. 그녀가 소시적에 불러 히트한 '카와노 나가레노 요우니'는 30년이 넘도록 일본의 최고 인기곡으로 여전히 애창되고 있을 정도이다. 남녀를 불문하고 성공한 엔카가수는 평생 최고의 인기와 명예 그리고 부를 누릴 수 있는 나라가 일본이다.

일본의 가요계의 실태를 가장 잘 대변하고 있는 것이 NHK가 매년 세모에 방영하는 '코하쿠센' 즉 홍백전(紅白戰)이다. 세계적으로 권위있는 일본의 공영방송국인 NHK의 최장수 인기프로로 일본의 국민 모두가 이 프로와 함께 한 해를 마감한다는 말이 있을 정도로 시청률이 높다. 그 해에 가장 인기있는 가수만을 선발하여 등장시키기 때문에 이 프로에 등장하는 것은 곧 가수의 꿈이다. 그런데 이 프로에 매년 단골손님처럼 등장하는 가수들을 보면 5,60대의 엔카가수이다. 일본의 대표적인 엔카가수 모리신이치는 30년간 연속 출장하고 있다. 그것도 주연급으로 등장한다.

몸을 심하게 뒤흔드는 젊은 팝송 가수들도 등장은 하지만 어디까지나 조연급이며 심하게 말하면 들러리 출연이다. 그만큼 국민적 인기면에서는 맥을 출 수가 없다. 그나마 팝송의 세계는 인기의 부침이 심해서 2년을 계속하여 등장하기가 하늘의 별따기이다. 이런 현상은 NHK처럼 보수적이 아닌 상업 방송국의 가요 프로그램에서도 마찬가지이다.

엔카의 인기가 높은 만큼 엔카가수의 긍지도 높고 자세도 당당하다. 일류가수의 경우는 최고소득자의 반열에 서며 24시간 매스컴의 각광을 받는다. 우리의 원로 가수들이 젊은이들에 밀려 설자리를 잃고 밤업소를 돌며 생계유지에 급급한 실정과는 거리가 멀다. 가뭄에 콩나듯이

TV에 나와 노래하는 늙은 가수들의 주름진 얼굴을 대하면 미안한 말이지만 재미도 없고 측은하여 얼굴을 돌리고 싶어지는 것이 우리의 실정이다.

일본엔카의 인기로 덕을 톡톡히 보는 한국 가수들이 있다. 요즘 김연자, 계은숙은 홍백전에도 등장할 정도의 인기를 누리고 있으며 조용필은 톱가수의 특별대우를 받을 정도로 일본에서는 모르는 사람이 없다. '돌아와요 부산항' 이나 '가슴아프게' 는 일본서민의 만년 인기가요이다. 한국가수의 노래가 통하는 것은 일본엔카가 우리의 유행가와 감각이 일치하기 때문이다. 엔카를 들어보면 곡만 가지고는 어느 나라 것인지 분간하기 어렵다. 그래서 엔카의 원류가 한국이라는 주장도 있다. 일본의 가요계를 리드하고 있는 톱가수 중에는 일본이름을 쓰고는 있지만 그 뿌리가 한국인 사람이 매우 많다는 것이 정설이다.

그러나 모든 한국인 가수가 쉽게 엔카 가수로 변신할 수 있는 것은 아니다. 일본의 지방도시에서 오랫동안 활동하고 있는 한국의 대표적인 유행가수 나훈아는 우리 교포사회에서는 인기가 높지만 일본인들은 별로 좋아하지 않는다. 그래서 아직까지 NHK의 홍백전에는 말할 것도 없고 상업방송에도 등장해 본 일이 없는 무명가수 신세이다. 가창력에서 조용필에 뒤질 것이 없는 나훈아가 이런 대접을 받는 것을 보면 가수의 인기라는 것이 노래 실력만으로 좌우되는 것은 아닌 모양이다.

일본에서 오로지 엔카만이 계속하여 인기를 누리는 이유는 무엇일까. 팝송이나 테크노풍의 댄스음악이 우리보다 훨씬 먼저 들어온 일본에서 이같은 서양식 음악이 맥을 못추는 이유는 과연 무엇일까. 이 역시 일본국민의 보수적인 특성에서 그 해답을 찾을 수밖에 없을 것 같다. 자기의 문화와 전통을 중시하고 지키는 일본인의 체질이 이 부분에서도 작용하고 있는 것이다.

보기에는 서양식 자유와 민주주의가 확립된 나라 같지만 기독교를 비롯한 외래 종교는 발도 붙이지 못하는 나라가 일본이다. 기독교가 뿌리를 내리지 못하는 판에 서양음악이 어떻게 발을 붙일 수 있겠는가. 한마디로 일본 국민은 자기 것을 함부로 버리고 다른 것을 취하는 민족이 아니다. 이런 특성은 일본인의 남다른 애국심과도 무관하지 않다. 경망스럽고 간사스러운 것이 일본인이라는 우리의 선입견은 착각일 수 있다.

서양의 레스토랑에서는 동양계 손님이 들어오면 한국인인지 일본인지 금세 분간한다고 한다. 놓여 있는 의자에 그대로 가만히 앉아 주문하면 일본인이고, 의자부터 뒤로 빼고 몸을 뒤로 젖히며 발을 꼬고 앉으면 한국인이라는 것이다. 주문한 음식이 나올 때까지 조용히 기다리면 일본인이고, 5분도 못 돼 재촉하면 틀림없이 한국인이라는 것이다. 매사에 가만히 있지 못하고 서두는 한국인의 모습을 보면 무슨 일을 저지를 것 같아 도무지 불안하다고 말하는 외국인도 있다.

한때 '바꿔 바꿔' 라는 노래가 유행하기도 했지만 우리처럼 바꾸기를 좋아하는 민족도 없을 것이다. 대통령도 바꾸고 싶고, 국회의원도 바꾸고 싶다. 살고 있는 집도 바꾸고 싶고, 직장도 바꾸고 싶으며, 심지어 얼굴까지 뜯어 고치고 싶다. 변화만이 살 길이라고 협박하는 정치인도 있다. 이렇게 모두가, 모든 것을 바꾸고 싶어한다는 것이다.

하지만 우리가 과연 변화만이 살 길인 그런 세상에 살고 있단 말인가. 무엇보다 우리 현실이 그렇지 않다. 이제 우리도 살 만큼 사는 나라를 이룩하였고 잘 하면 남북통일이 꿈만은 아닌 현실 속에 살고 있다. 무엇을 그렇게 자꾸만 바꾸자는 것인가.

더구나 우리에게는 조상이 물려준 빛나는 전통과 문화가 있다. 우리의 문화와 전통은 바꿀 대상이 아니라 지켜나가야 할 보전의 대상이다. 이제 바꾸자는 소리 좀 그만 하고 우리도 안정되고 침착하게 21세기를 살아가는 민족이 되었으면 한다.

살아있는 혼탕의 전통

아오모리 시내에서 동남쪽으로 30분 정도 달리면 해발 1,600미터의 명산 하코타산(八甲田山)의 입구에 다다른다. 단풍경치가 일본 최고라는 토와다코(十和田湖)를 향해 해발 800미터의 울창한 산속길을 한참 달리다 보면 왼쪽으로 100년은 넘었을 것 같은 일본식 대형 목조건물이 눈에 들어온다.

일본 국민숙사 제1호이며 남녀혼탕으로 유명한 스가유(酸湯)온천여관이다. 온천물이 초처럼 시어서 붙인 이름이다. 속세와는 무관한 것 같은 깊은 산속의 빼어난 주변 풍경 속에 조용히 자리잡고 있는 이 온천여관에 필자가 들르게 된 것은 우연한 기회였다.

필자가 아오모리에 출장한 것은 3월 말경이었다. 눈이 많기로 세계적으로 유명한 아오모리는 겨울 내내 적설로 통행이 금지되는 도로가 많은데 이것이 풀리는 시점이 대략 3월말쯤이다. 이때쯤이면 눈은 녹지 않지만 적설량이 줄어들기 때문이다. 특히 하코다산은 눈이 많이 쌓이기로 유명하여 과거 노일전쟁을 앞두고 이 산에서 극한 훈련을 하던 일본군 1개중대가 모두 눈 속에서 동사한 사건이 있을 정도이다.

필자가 출장한 날은 마침 하코다산의 도로가 개통되는 날이었다. 겨울내 쌓인 눈을 치우고 개통되는 것이어서 길 양쪽에 치워진 눈이 10미터를 넘는 벽을 이루고 있었다. 일본인이 '고리도' 라고 부르는 이 눈의 회랑(Corridor)을 차로 달리면 마치 덮개 없는 터널을 지나는 기분이다.

사방 온 천지가 눈 속에 파묻힌 적막한 산속의 유서깊은 이 온천장에서 잠깐 몸을 녹이기로 했다. 온천물이 좋은 것은 사전에 설명이 있어 알았지만 이 온천이 남녀혼탕임을 눈치챈 것은 욕탕에 들어가고 나서였다. 160명이 동시에 들어갈 수 있는 넓은 욕탕에 빽빽히 들어찬 사람들이 얼굴만 내놓고 앉아 있었다. 처음에는 뿌연 수증기 속이어서 잘 몰랐는데 반대편 쪽 입구에서 들어오는 사람들을 보니 여성이 분명하였다. 기겁을 하고 돌아보니 탕 속에 들어 앉은 사람의 반은 여성이었다.

일본의 혼탕풍습은 아직도 이렇게 생생하게 남아 있고 필자를 안내한 사람이 사전설명을 생략할 정도로 예사로운 것이었다. 일본에 혼탕이 있지만 할아버지 할머니나 이용할 정도라는 것이 필자도 이미 알고 있는 사실이었지만 이 온천에는 3,40대의 남녀로 붐비고 있었다. 필자에게 있어 스가유 온천의 경험은 하나의 충격이었다. 독일에도 남녀공동 사우나탕이 있지만 그것과는 풍경도 다르고 느낌도 달랐다. 서양화와 동양화의 차이 이상의 특색이 있었다.

스가유 온천에서 놀란 것은 그것뿐이 아니다. 회색에 가까운 하늘색 온천수가 소화에 특효라는 말에 한 모금 마셨더니 식초 이상으로 시었다. 말 그대로 '뜨거운 식초' 을 마신 기분이었다. 온천여관의 방값과 입욕료도 아주 헐값이라 일본인뿐만 아니라 외국관광객도 많이 들른다고 한다.

일본에는 질이 다양하고 뛰어난 비탕, 진탕, 약탕이 얼마든지 있다. 위에서는 홋카이도(北海道)에서 아래로는 오키나와에 이르기까지 일본은 온천의 천국이다. 일본에는 지금도 분화하는 화산이 있고 지진이 많기로 유명한 나라이다. 조금만 파들어가면 어디에서도 질좋은 온천물이 용출하는 나라이다. 도쿄인근에서는 쿠사쓰(草津)와 아타미(熱海)가 가장 유명하지만 지방에 가보면 이름은 없어도 이에 못지않은 양질의 온천장을 얼마든지 발견할 수 있다.

어쩌다 아름다운 산골짜기에 점재한 온천마을을 지나노라면 솟아오르는 수증기와 유황냄새가 발길을 멈추게 한다. 요즘에는 일본에서도 '로텐부로' (露天湯)가 유행이다. 자연 속에서 온천욕을 즐기는 것이다. 작은 산골짜기를 흐르는 시냇물이 온통 온천수여서 노천온천의 진수

일본의 전형적인 온천장 거리(온천객의 복장과 나막신이 인상적이다)

를 즐길 수 있는 곳도 있다.

온천은 사철 즐길 수 있지만 그중에서도 겨울철의 온천, 그것도 눈이 쌓인 계곡의 노천탕은 기분 만점이다. 땀을 충분히 흘린 후 깨끗한 여관 다다미방에 앉아 마시는 맥주 한잔과 일본 요리맛은 바로 일본 관광의 진수이다.

일본에는 온천여관과 호텔이 집단적으로 모여 있는 온천지만 2,500여 개가 있으며 온천물이 나오는 원천이 25,000여 개나 된다. 1년간 온천에 숙박하는 인원이 1억 4천만이라니 국민전체가 연간 한 번 이상 온천장을 이용하는 셈이다. 그래서 일본인의 장수가 이 온천과 목욕을 즐기는데 이유가 있는 것이라고 주장하는 사람도 있다.

일본인 다음으로 목욕을 즐기는 국민이 아마 한국인일 것이다. 특히 온천욕은 둘째가라면 서운해 할 정도로 좋아한다. 하지만 유감스럽게도 우리 땅은 온천이 쉽게 터지는 나라가 아니다. 그나마 온천의 수질이란 것도 신통치 못하다. 요즘 맥반석이나 찜질방이 대 유행하는 것도 우리나라에 온천이 태부족인 때문이다.

요즘에는 순전히 온천을 즐기기 위하여 일본에 관광 가는 한국인도 적지 않다. 이해가 안되는 것은 온천을 즐기려는 한국관광객은 으레 구주지방으로만 몰린다는 사실이다. 벳부(別府)온천이 일본에서 최고라는 선입견 때문이다. 하지만 온천의 수질, 주변경관, 숙박시설, 교통편등에서 구주지방보다는 동북지방을 권하고 싶다.

필자가 조사한 바로는 아오모리를 포함한 동북지방에만 600여 개의 온천장이 있는데 이는 전국의 20%에 해당한다. 이곳에서는 유황천, 산성천, 단순천, 이산화탄산천, 탄산수소염천, 염화물천, 유산염천, 철분천, 알미늄천, 방사능천 등 모든 종류의 온천을 다 즐길 수 있다. 더구나 겨울철 눈 속에서 노천온천을 즐기는 것은 동북지방이 아니고는 불가능하다. 스키장이 많아 스키와 함께 온천을 즐길 수 있는 것도 이 지역의 장점이다.

언제 일본을 떠나도 섭섭할 것은 없지만 온천을 자주 하지 못하게 되는 것만은 아무래도 아쉽다는 생각이다. 그만큼 일본의 온천은 사람을 매료시키는 존재이다. 일본은 참으로 온천의 천국이다.

일본인은 독서광

동경의 지하철을 타보는 한국사람은 차내에서 경이로운 광경을 목격하게 된다. 머리가 희끗한 50대의 신사에서부터 책가방을 어깨에 멘 중학생에 이르기까지 거의 모든 승객이 그 흔들리는 차내에서 책을 열심히 읽고 있는 모습이다. 지하철뿐만 아니고 다방이나 공원이나 어디서든 혼자 있을 때는 책을 읽는 것이 일본인이다.

일간지 제1면의 광고란은 당대의 최고 인기상품만이 오를 수 있는 특석에 해당한다. 그런데 일본에서 가장 유명한 아사히, 요미우리, 산케이, 마이니치 등 주요일간지의 제1면의 광고란을 보면 예외없이 신간서적 광고기사로 메꾸어져 있는 것을 발견하게 된다. 상품으로써의 책의 무게가 어느 정도인가를 쉽게 알 수 있다.

도쿄의 간다(神田)거리는 하루종일 걸려서도 다 들를 수 없을 정도의 많은 서점이 집중되어 있는 곳이다. 어떤 서점에 들러보아도 동대문시장을 방불케 하는 인파이다. 책은 일본의 최고 인기상품인 것이다.

일본의 중,대도시의 외곽지대에 가보면 'Book &CD' 라는 간판이 붙은 건물을 흔히 보게 된다. 책과 CD만을 취급하는 일종의 대형서점이다. 이런 간판은 최근 우리나라의 신도시에도 나타나기 시작했지만 그 규모나 분위기가 일본과는 딴판이다. 작은 것은 5백여 평짜리 단층건물도 있지만 5층짜리 대형빌딩도 있다. 대형서점이라기보다 책 백화점이라는 표현이 어울린다.

일본의 중,대도시에서 서점이 시내중심에 위치하던 시대는 지났다. 서점에 전용주차장과 부대시설이 완비되어 있지 않으면 안되기 때문이다. 부대시설이란 간이식당, 커피숍, 어린이 놀이방 같은 것을 말한다. 요즘은 사람들이 유원지에 놀러 가듯이 차를 타고 가족단위로 서점 나들이를 한다. 아기가 놀이방에서 놀고 있는 사이에 엄마는 커피를 마시고 아빠는 책을 고르며 하루를 보낸다.

이런 책 전문점에 들어가보면 먼저 엄청난 책의 산더미에 기가 죽는다. 그보다 더 기를 죽이는 것은 서점 안을 누비며 책을 고르는 인파이다. 마치 러시아워의 지하철역처럼 발 디딜 틈이 없을 정도이다. 놀라운 사실은 고객의 대부분이 학생이 아니라 나이가 든 사회인이라는 사실이며 더욱 놀라운 사실은 주부들이 많다는 사실이다. 도서관에서 책과 싸우고 있는 사람들도 학생들보다는 사회인이 주류이다.

일본이 한해에 출판하고 있는 단행본은 약 15만 부로 금액으로 따져 약3조엔(30조원)에 해당한다. 연간 38,000여 종이 출판되니 매일 100종 이상의 신간 서적이 태어나고 있다는 계산이다. 일본인 한 사람이 한 달에 한 권이상, 연간 12권 이상을 읽고 있다. 잡지는 더 말할 것도 없다. 주간지,월간지를 포함하여 4,000여 종이 쏟아져나오고 있다. '팔리니까 생산한다'는 시장법칙을 생각할 때 일본인의 독서열이 어느 정도인가 짐작하고도 남음이 있다.

일본인의 근면성은 독서열에서뿐만 아니라 기록하는 습관에서도 발견할 수 있다. 초등학생 이상의 거의 모든 국민이 일기를 쓰고 있으며 많은 노인이 자서전을 쓰고 있다. 15년전 도쿄에서 오사카로 비행중이던 여객기가 기체이상으로 추락한 사고가 있었다. 이때 승객 몇 사람이 추락하는 순간까지 유서를 써서 남겼다고 해서 세계적인 토픽이 된 일도 있다.

얼마전 일본과 한국간의 어업협상이 한국에 불리하게 결말이 나 급기야 해양수산부장관이 경질된 바 있다. 이 때 우리측이 궁지에 몰린 이유는 똑똑한 통계자료가 없었던 데 반하여 상대방은 과거 수년간의 어획고 등 완벽한 자료로 임했기 때문이었다고 한다. 기록의 습관이 엄청난 힘을 발휘한 좋은 예다.

일본인의 근면성은 독서열이나 기록습관에서뿐만 아니고 의식주 생활 전체에서 쉽게 찾아볼 수 있다. 일본인의 주택사정은 그들이 아무리 경제대국이라 해도 우리보다 나을 게 없다. 20평이면 호화주택이다. 일본인들의 밥상을 보면 영양실조가 걱정될 정도로 소박하다. 한겨울에 밍크 코트나 무통 잠바와 같은 값비싼 옷을 걸친 사람을 발견하기가 쉽지 않다.

일본인의 1인당 GDP는우리보다 6배로 약 35,000불이다. 여기에 1인당 저축액은 평균 1,500만엔(1억5천만원)이다. 이렇게 보면 일본인의 궁상은 다름아닌 근검절약이라고밖에 볼 수 없다. 일본인은 돈만 생기면 은행으로 달려간다. 은행이자가 0. 1%안팍이니 이자수익을 위해서가 아니다. 안전한 재산보전을 위한 것이다. 그래서 일본의 은행은 현금보관소라는 별명을 가지고있다. 일본인의 저축금은 여유돈이 아니라 최우선 공제항목이다.

일본인의 근검정신은 서민들만의 것이 아니다. 국회의원 사무실의 평균면적이 11평이고 그중의 반을 비서가 차지하고 있다. 그래도 의원회관을 증축한다는 이야기를 들은기억이 없다. 지방출신 의원을 위한 의원숙소에서 독신생활을 하는 의원들은 손수 빨래하고 밥을 지어 먹는다. 나카소네 전 수상이 자기 집이 너무 비좁아 수상 재임기간 중 어느 야구선수의 집을 빌려 살았던 이야기는 너무나 유명하다.

일본은 지금 장기간의 불경기로 사업이 안된다고 아우성이다. 그런데도 국제수지는 매년 엄청난 흑자를 내고 있으니 일본의 불경기는 우리와는 그 유형이 다르다고 볼 수 있다. 일본의 불경기는 한 마디로 내수부진에서 오는 것이라는 게 통설이다. 사람들이 좀처럼 돈을 쓰지 않고 은행에만 갖다 맡기니 경기가 좋을수가 없다. 오죽해야 돈 좀 쓰라고 정부가 국민에게 상품권을 나눠주겠는가.

최근에 만난 어떤 일본 언론인은 얼마전 한국을 다녀왔다면서 서울 거리에 차량이 넘치는 것을 보니 한국의 경제가 IMF이전으로 돌아간 것 같더라고 했다. 그러면서 한 마디 덧붙였다.

"한국경제가 갑자기 좋아진 이유를 모르겠다. 이제 일본이 한국으로부터 한수 배워야 할 모양이다."

이 말이 필자에게는 비아냥으로 들리는 이유가 무엇일까.

산보광의 불만

　필자는 유난히 산보를 좋아한다. 새벽이고 밤이고 가리지 않고 시간의 여유가 있으면 산보에 나선다. 눈이 와도 비가 내려도 개의치 않는다. 연구실에서도 점심시간을 이용하여 산보한다. 그러기 위하여 가능하면 약간 떨어져 있는 식당을 택하여 걸어가곤 한다.

　걷는 것이 건강에 좋다는 이유 때문에 그런 것은 아니다. 그저 걷는 것이 좋기 때문이다. 그래서 시간을 정하고 코스를 정하여 규칙적으로 하루도 거르지 않는 식의 산보는 좋아하지 않는다. 마음 내킬 때 발길 닿는 대로 그저 걷는다. 말하자면 필자는 산보광이다.

　10년이 넘는 해외생활에서 방콕의 3년은 필자에게 가장 견디기 어려운 세월이었다. 방콕에서는 산보를 마음대로 할 수 없었기 때문이다. 낮이고 밤이고 30도를 넘는 기온도 기온이지만 산보할 수 없는 환경만은 정말 견디기 어려웠다.

　방콕의 거리는 중앙의 대로 이외에는 인도가 따로 없다. 인도가 있어도 항상 잡상인으로 들끓고 통행하는 차량이 내뿜는 매연과 소음으로 산보할 엄두가 나지 않는 환경이다. 대로에서 조금 벗어난 골목길은 사람이 다니는 길이라기보다는 차량통행을 위한 길이라는 느낌이다. 앞뒤로 달려드는 차량이며 '뚝두기' (태국제 삼륜차) 때문에 곡예를 벌여야만 된다. 그래서 필자는 방콕생활 3년에 거의 산보라는 것을 해보지 못한 채 넘기고 말았다.

방콕생활을 마치고 난 3년 후에 파리에 부임했다. 파리라는 도시는 한마디로 산보의 천국이었다. 모든 길거리가 다 그렇지만 특히 샹제리제와 세느강변은 바로 산보를 위해 존재하는 것 같았다. 차도보다도 넓은 인도, 우거진 마로니에 가로수, 화려한 쇼윈도, 그리고 흐르는 세느강과 다리들은 사람들을 걷지 않고는 견디지 못하게 하는 마력이 있다. 필자는 1년을 넘게 그곳에서 생활하면서 거의 매일 아침과 저녁을 가리지 않고 산보했다.

산보하는 중에 많은 사람과 어깨를 스치는 것도 즐겁고 연인끼리 포옹하고 키스하는 모습을 바라보는 것도 재미있었다. 걷다가 성당을 만나면 안에 들어가보기도 하고 미술관도 기웃거려본다. 걷다가 지치면 길가의 카페에서 차 한잔하는 맛도 산뜻하고 식품점에 들러 포도주 한 병과 팔길이만한 바게트빵 한 개를 사들고 돌아오는 기분이야말로 경험해 보지 않은 사람은 이해하지 못한다.

산보는 그곳에서 생활하는 사람들과, 그 사람들의 문화와, 그리고그 문화가 만들어낸 물질적인 모든 요소들과 만날 수 있는 기회를 준다. 나는 이러한 산보의 마력을 사랑했다.

파리생활로부터 꼭 3년만에 일본의 센다이로 오게 되었다. 센다이에 도착하여 처음 느낀 것은 이곳의 기온이 파리와 매우 흡사하다는 것이었다. 겨울에도 맹추위가 없고 여름에도 폭서가 없는 것도 그렇고 우중충한 겨울 날씨가 특히 그랬다.

이곳에서 또 한번 산보를 즐길 수 있다는 기대가 한껏 부풀어 있었다. 그런데 부임 첫날 밤산보에 나선 필자는 이같은 기대가 산산히 깨어지는 실망을 하지 않을 수 없었다.

필자의 산보의 무대는 특별한 일이 아니고는 필자가 살고 있는 집 주변이다. 그런데 도심지에서 2킬로 정도밖에 떨어져 있지 않은 필자의 숙소 주변의 도로사정이 산보하기에는 너무나 엉망이었다.

필자가 거주하던 동네 뒷골목 풍경
(길가로 튀어나온 전신주가 눈에 거슬린다)

센다이는 인구 100만으로 일본에서도 살기 좋은 곳으로 이름이 난 도시이다. 그러나 도심지에서 한발 들어간 주택가의 형편은 센다이의 이런 이미지와는 거리가 멀었다. 도로라기보다는 시골의 골목길이라는 표현이 알맞을 것 같았다. 시골의 골목길은 차가 다니지 않으니 산보에는 오히려 알맞은 조건이다. 그러나 이 골목길에는 밤낮으로 승용차와 오토바이, 자전거와 사람이 왕래하고 있었다.

이곳 주택가는 똑바로 뻗은 도로가 없고 있어도 100미터 정도가 채 안된다. 2차선 도로가 갑자기 외길로 줄어들기도 하고 멀쩡한 길을 걷다 보면 갑자기 막다른 곳에 다다라 한참을 다시 되돌아 나와야 하기도 한다. 걸어온 길을 되돌아가다 보면 엉뚱한 남의 집 정원으로 들어와 있는 경우도 있어 마치 미로를 연상케 한다.

그래도 할 수 없이 산보를 하게 되면 앞뒤로 달려드는 차량에 길을 내주느라 정신을 차릴 수 없을 지경이 된다. 또 전신주는 왜 그렇게 한결같이 길쪽으로 튀어나와 있는지. 차량을 비켜줄 때 방패역이 되주기도 하지만 차량끼리 아슬아슬하게 비켜가는 것을 바라보노라면 전신주만은 하루속히 어떻게 해야 하지 않나 하는 생각이 든다.

그리고 또 한 가지가 있다. 겨울철에는 해만 지면 어찌 그리도 빨리 어두워지는지. 내가 살고 있는 집 주변은 오후 5시만 되면 좀 과장해서 암흑천지다. 주변에 가로등이 턱이 모자라고 서 있는 것도 희미해서 별로 기능을 못한다. 아침 일찍 출근해야 하는 나로서는 저녁 산보의 경우가 많은 편인데 이 어둠 때문에 겨울 내내 산보를 즐길 엄두를 못낸다. 그 길고 긴 어둠의 시간을 꼼짝없이 집안에서만 보내야 하는 것도 고통이라면 고통이 아닐 수 없다. 더구나 나같은 산보광일 경우는 더욱 그렇다.

어떤 때는 차를 몰고 시내 중심부로 나가서 상점가를 걸어보곤 하지만 이것이 어디 산보맛인가. 산보란 집에서 가벼운 복장으로 슬리퍼나 운동화를 신고 마음 내키는 대로 여기저기 기웃거리기도 하고 좀 걷다가 지치면 되돌아오는 그런 맛에 하는 것인데 차를 운전하고 주차하고 어쩌고하는 긴장이 따라서야 진정한 산보맛은 처음부터 있을 수가 없다.

  얼마전 나의 숙소에서 불과 100미터 정도 떨어진 아파트방에서 작은 화재사건이 있었다. 요란한 사이렌과 함께 센다이시가 보유한 수십 대의 소방차가 일시에 모여들었다. 벌 떼처럼 사방에서 몰려들었지만 현장에 접근하는 길이 좁아 정작 화재현장에 진입한 차는 두 대뿐, 뒤늦은 소방차들은 현장에서 멀리 떨어져 아무 기능도 하지 못하고 있었다. 산보는 안해도 좋으니 소방차만은 제대로 접근할 수 있도록 도로정비가 필요하지 않은가 생각해 보았다.

  일본 하면 우리보다 모든 것이 잘 되어 있고 행복하게 살고 있을 것이라는 인식이 있지만 행복한 인간생활에 가장 중요한 기준인 쾌적도에 있어서만은 서구 선진국 수준에 아직도 많이 뒤떨어져 있음을 알 수 있다.

도청까지 4시간이 걸리다

필자가 센다이 총영사관에 근무할 당시 업무상 관할지역을 현지방문하는 경우가 종종 있었다. 그때마다 느끼는 것은 일본의 철도와 도로사정이 의외로 좋지 않다는 것이었다. 여기서 좋지 않다는 말은 불편하다는 의미이다.

수도인 도쿄와 지방간은 그런대로 항공, 철도, 도로, 해운망이 거미줄처럼 연결되어 있어 불편할 게 조금도 없지만 지방과 지방간은 그렇지가 않다는 것이다.

일본은 국토가 동북에서 남서로 가늘고 길게 뻗어 있어 지역간의 교류가 어려운 특성을 가지고 있다. 그래서 일찍부터 철도와 도로건설에 힘써 왔고 그 결과 일본은 교통행정이 매우 발달한 나라로 평가받고 있다. 하지만 일본에서 실제로 지방도시를 출장다녀 본 사람들의 말은 다르다.

필자는 특히 센다이에서 아오모리를 다녀올 때마다 이 문제의 심각성을 통감하곤 했다. 센다이에서 아오모리까지는 항공편이 없을 뿐만 아니라 승용차로 가기는 거리도 멀고 도로사정도 좋지 않아 언제나 철도를 이용했다.

　그런데 일본이 세계적으로 자랑하는 고속철도인 신간센(新幹線)은 유감스럽게도 중간 지점에 해당하는 모리오카(盛岡)까지밖에 건설되어 있지 않다. 따라서 센다이에서 모리오카까지는 신간센을 이용하지만 모리오카에서 아오모리까지는 별도의 전철로 바꿔 타지 않으면 안된다. 장거리 여행에 있어 신간센이 천국이라면 전철은 지옥이다. 빠르고 안락한 신간센에서 느려터지고 흔들리는 전철로 갈아타보면 누구나 그렇게 느껴진다.

　기차여행을 해본 사람은 누구나 느꼈겠지만 여행자에게는 중간에 차를 바꿔타야 한다는 것이 이만저만한 부담이 아니다. 갈아타는데 실수가 없으려면 출발역부터 상당한 긴장을 요하며 졸음이 와도 참아야 하는데 이것이 사람을 보통 피로하게 하는 것이 아니다. 신간센에서 하차하자마자 뛰다시피하여 전철 플렛폼으로 뛰어가야 하고 차량번호와 좌석을 확인하여 겨우 자리를 잡으면 이제야 살았구나 싶다. 하지만 지금까지 총알처럼 빠른 신간센에서 편한하게 앉아 있던 여운이 살아남아선지 전철속도가 굼벵이처럼 느껴지고 이것이 또 사람을 피곤하게 하여 목적지에 닿기도 전에 몸은 녹초가 되어버린다.

　아오모리역에 내려 시계를 보면 보통 4시간이 소요된 것을 알 수 있다. 불과 대전에서 부산 정도의 거리를 4시간이나 걸렸다면 일본을 어찌 고속전철국가라고 부를 수 있겠는가. 아오모리까지 신간센이 연결되어 있었다면 불과 2시간 반정도의 거리임을 생각하면 일본의 철도행정은 분명히 문제가 있다.

　아오모리에 가면 필자가 일본인에게 자주 쓰는 말이 있다. 특히 아오모리와 한국과의 친선교류를 강조할 때 쓰는 말이지만 "센다이에서 이곳에 오는데 4시간이 걸렸다. 지금 서울과 아오모리간에는 대한항공이 운행되고 있는데 불과 2시간밖에 걸리지 않는다. 그렇다면 센다이가 가까운가, 서울이 가까운가."라고 하면 모두가 고개를 끄덕인다.

일본의 북방도시로 전략적으로도 중요하고 홋카이도(北海道)로 가는 교통의 요지인 아오모리에 아직까지 신간센이 건설되지 않고 있는 것은 아무래도 이해가 안된다. 이미 본토와 혹카이도 간에 세이칸(靑函) 터널로 연결된 판이다. 아오모리를 거쳐 삿뽀로까지 신간센이 연결되어야만 명실공히 일본이 고속전철화했다고 말할 수 있지 않을까 생각된다.

일본의 일반 철도망은 전국적으로 고루 연결되어 있지만 고속철의 경우는 아직도 그 혜택으로부터 소외된 지역이 너무나 많다. 이것이 균형있는 지역 발전에 장애요인이 되고 있으며 주민의 불평을 사고 있다. 일본 철도행정의 과제임을 짐작할 수 있다.

일본은 철도와 함께 고속도로가 잘 발달되어 있을 것이라고 생각한다면 오해이다. 일본 본토의 반에 해당하는 도쿄의 동북부에는 아직까지 고속도로라는 것이 없다.

도쿄에서 아오모리까지 길고 긴 4차선 도로가 뻗어 있고 이 도로를 이용하는 차들로부터 고속도로 요금까지 받고는 있지만 엄격히 말해 이 도로는 고속화도로일 뿐 고속도로가 아니다. 무엇보다도 굴곡과 요철이 심하여 고속도로의 기능을 제대로 할 수 없다. 이 도로를 달려보면 자연의 지형지물을 그대로 살려가며 개발한 옛날의 자동차 길을 폭만 넓혀 놓은 도로에 지나지 않음을 알 수 있다. 그래서 이름도 '○○고속도'가 아니고 '동북자동차도로'이다.

일본국토를 종단하는 기간도로가 고속화되지 않은 이유는 정말 알다가도 모를 일이다. 일본이 우리처럼 행정부가 개인의 사유재산권을 무시하고 멋대로 도로건설을 할 수 있는 나라가 아님은 모를 바가 아니나 그렇다면 이런 것이 가능했던 과거에는 무엇을 했단 말인가.

국도에 해당하는 기간도로가 이 모양이니 지방도로의 형편은 더 말할 것도 없다. 미야기(宮城)현의 동북 해안지역에 케센누마(下船沼)라는 작은 도시가 하나 있다. 말이 지방도시이지 일본 제일의 고래잡이항이며 동북제일의 수산물 집산지로 전국에서도 알아주는 항구도시이다. 필자는 이도시의 멋진 이름에 이끌려 집사람과 함께 이곳을 방문한 일이 있다.

그런데 현청 소재지인 센다이에서 목적지까지 가는데 승용차로 무려 4시간이 소요되었다. 고속화된 도로가 없고 논길 밭길을 조금씩 넓혀 놓은 듯한 지방도로를 꾸불꾸불 돌아갔기 때문이다. 동남아시아의 어느 국가 이야기도 아니고 선진국 일본에서 도민이 도청 소재지까지 가는 데 4시간이나 걸린다면 문제 있는 것 아닌가 하는 생각이다.

미야기현은 우리 충청남도 정도의 면적인데 충남의 어디에서도 대전까지 4시간 걸릴 그런 벽고지는 없다. 일본의 지방도로 사정이 어느 정도인가를 이해할 수 있을 것이다.

앞에서도 언급한 바와 같이 일본의 철도와 도로는 모두가 도쿄를 향하고 있다. 마치 프랑스의 도로가 모두 파리로 향하고 있는 것과 같아 옛날의 황제국가를 연상케 한다.

지금은 지방분권시대이다. 지방의 특성과 기능을 최대로 살려 개성 있는 지역발전을 촉진해야 하는 시대이다. 그러기 위하여는 지역간의 교류와 협력이 절대적으로 필요하며 이를 위하여는 무엇보다도 균형 있는 철도와 도로망의 확충이 시급하다는 생각이다.

이런 점에서 보면 우리 한국은 일본에 비하여 장래가 밝다고 말할 수 있다. 고속철도 시대가 코앞에 다가왔고 서울과 지방, 지방과 지방을 잇는 고속도로망도 나날이 확충되고 있기 때문이다.

100엔짜리가 세상을 바꾼다

요즘 일본에서는 '100엔짜리 숍'이란 것이 대단한 인기를 끌고 있다. 도심의 중앙 상점가에서도 발견할 수 있고 대형 할인점포 안에서도 발견할 수 있는 이 가게는 말 그대로 100엔짜리 상품만 진열해 놓고 파는 상점이다. 2,3년 전 처음 문을 열 때에는 별로 주목을 받지 못하던 이 가게가 폭발적인 인기를 끌게 된 것은 극히 최근의 일이다. 어느 도시에 가보아도 중앙 상점가에 몇집 건너 하나씩 들어서 있고 얼마전에는 5층 규모의 100엔짜리 백화점까지 탄생하여 화제가 되고 있다.

일본에서의 100엔은 우리의 1,000원에 해당하는 금액이지만 실제로는 그보다 더 낮게 평가되고 있는 실정이다. 더구나 일본의 100엔짜리는 지폐가 아닌 동전이다. 이렇게 하찮은 동전 한잎으로 쇼핑이 가능한 곳이 이 가게이다. 이 가게에 가면 100엔으로 살 수 있는 생활용품이 얼마든지 있기 때문이다. 이렇게 되자 지금 일본인의 돈의 가치에 대한 인식이 바뀌고, 이 가게에 대한 관심과 인기가 하루가 다르게 치솟고 있다.

필자도 신기한 마음에 이 100엔짜리 가게를 둘러보기로 했다. 가게

안으로 한 발 들어서자마자 100엔으로 살 수 있는 물건이 너무나 많은 데 놀랐다. 한 마디로 '없는 것이 없다'고 할 정도로 다양했다. 그릇, 수저, 식칼 등의 주방용품을 비롯하여 노트 볼펜, 잉크 등의 문방구, 망치 바늘 빗자루 등의 가정용품, 각종 플라스틱제품, 화장용품, 간단한 전기제품에 이르기까지 일상생활에서 필요로 하는 모든 생활용품이 총망라되어 있었다.

5층짜리 백화점 건물을 꽉 채울 정도면 짐작할 수 있는 것 아닐까. 이 가게를 둘러보고서야 우리 일상생활에 필요한 물건의 종류가 참으로 많다는 것을 알았다. 이런 물건들을 무엇이든지 단돈 100엔짜리 동전 1개로 살 수 있다니 기적 같은 일이다.

100엔짜리 가게가 처음 문을 열 때에는 주로 공산품만 취급되고 식품은 제외되고 있었다. 이것이 이 형태의 가게에는 치명적인 약점이었다. 그러나 얼마전부터 이 가게에도 식품이 진열되기 시작했다. 과자 빵 야채 등은 말할 것도 없고 버터 우유 김치 등의 냉동식품도 등장하는가 하면 요즘에는 생선과 육류까지 취급하기 시작한 것이다. 거짓말 같은 이야기이지만 실제로 생선과 육류를 100엔짜리 무게로 잘라 상품화하고 있다.

이제는 이 가게 하나만으로 일상생활에 불편을 모르게 된 것이다. 1전도 아껴쓰는 근검절약을 가장 큰 생활의 지혜로 여기는 일본 사람들, 특히 주부나 서민에게는 이보다 더 고맙고 편리한 존재가 있을 수 없다. 성업이 아니면 그것이 이상하다.

100엔짜리 가게가 가능한 이유는 일본 사람들의 뛰어난 아이디어와 유통기술 때문이다. 상품의 대부분이 중국, 한국 또는 동남아에서 들여온 것이 이를 증명하고 있다. 일본제품도 있는가 하여 일부러 찾아

보았지만 실패했다. 그만큼 모든 물건이 세련되지 못하고 값싼 원료로 만들어진 것이었다. 또 하나는 가게 운영에 많은 사람을 쓰지 않는다는 점이다. 돈을 받는 카운터 이외에는 사람이 없다. 이것이 가장 큰 원가 절감 요인이다. 물건이 싸다는 것 이외에 이 가게의 또 하나의 장점은 큰 상점에서는 취급하지 않는 자잘한 일상 생활용품을 한자리에 모아 놓았기 때문에 필요한 것을 한자리에서 용이하게 구입할 수 있다는 편리성이다.

거리의 오뎅집(우리의 포장마차에 해당)

버블경제시대에는 길바닥에 떨어져도 줍지 않던 것이 이 100엔짜리 동전이다. 이제는 이것 하나면 일상생활에 필요한 물건 하나쯤은 확실하게 살 수 있는 것을 알고 가장 놀란 것이 바로 일본인이다. '100엔짜리 하나로 이렇게 많은 물건을 살 수 있다니. 그렇다면 100엔도 작은 돈이 아니잖은가' 어느 사이에 100엔도 제법 돈으로 대접을 받게 된 것이다. 일본인의 작은 돈에 대한 인식이 바뀌기 시작하면서 구두쇠정신을 한층 부추기고 있는 것이다. 100엔짜리가 세상을 바꾸고 있는 것이다.

100엔짜리 가게가 인기를 끌자 대형할인점과 편의점 그리고 슈퍼마켓이 긴장을 하고 있다. 왜냐면 이 추세로 나가면 100엔짜리 가게가 일본의 유통질서를 뒤흔들지 모르기 때문이다. 과거 대형할인점이 백화점업계를 도산지경까지 몰고 갔던 것처럼 말이다. 이제 이 100엔짜리 가게가 대형할인점의 목을 조르고 있다는 조짐이 나타나고 있다. 대형할인점의 매상이 크게 줄고 있는 것이다. 이들이 할 수 있는 대응책은 자기들도 점포내에도 소규모의 100엔짜리 코너를 설치하는 것이다. 그랬더니 이들 대형할인점에 온 고객들이 100엔짜리 점포로만 몰려가 또 다른 고민을 낳고 있다는 것이다.

100엔짜리 가게에도 약점은 있다. 상품의 종류와 질에 한계가 있다는 점이다. 이 약점 때문에 고객도 가정주부와 주머니가 넉넉치 못한 서민층에 한정되고 있는 것이다. 폭 넓은 고객의 확보가 가장 큰 과제라고 볼 수 있다. 또 한 가지는 일본의 경기문제이다. 어떤 의미에서 100엔짜리 가게는 일본의 장기불황이 낳은 소산이다. 경제가 다시 호황국면에 접어들고 돈의 가치가 떨어지는 때가 가장 위기라고 볼 수 있다. 하지만 일본인의 근검절약정신은 어떤 경우에도 쉽게 변할 리가 없기때문에 100엔짜리 가게는 어쩌면 계속 번창일로를 걸을지도 모른다.

100엔짜리의 위력을 실감케하는 것이 또 하나 있다. 우리의 회전초밥집에 해당하는 '카이텡스시'(回轉壽司)가 그것이다. 최근 이 가게들이 한 접시 100엔짜리 초밥을 팔기 시작한 것이다. 회전초밥집은 초밥을 싸게 먹을 수 있는 곳이기는 해도 지금까지는 한접시에 보통 3~400엔 하던 것이다. 이것을 무조건 100엔으로 통일하였으니 이만저만한 가격파괴가 아니다.

일본의 회전초밥집은 대개 전국 체인으로 운영되기 때문에 보기와는 달리 뒤에는 대자본이 움직인다. 이 대자본을 바탕으로 밥과 생선은 기계가 찍어내고 종업원을 줄여 원가절감했기 때문에 가능해진 것이다. 덕택에 지금까지 일본 서민들에게는 그림의 떡이던 '도로' (방어) 같은 생선을 단돈 100엔에 맛볼 수 있게 되었고 이렇게 되자 고객이 늘어 요즘에는 어디를 가도 줄을 서서 기다릴 정도로 성업이다. 이 추세라면 100엔짜리 '스시집' 이 일본의 외식업계에 새바람을 일으킬지도 모른다는 소리가 높아지고 있다.

필자도 한두번 들러 보았지만 가격파괴를 단행했다고 해서 달라진 것은 아무것도 없었다. 오히려 생선의 종류도 다양하고 신선하며 맛도 그만하면 좋은 편이었다. 초밥 2점이 오르는 100엔짜리 접시를 5개 정도 비우면 배가 불렀다. 라면 한 그릇이 700엔은 하는 일본에서 500엔으로 초밥을 먹었다면 행운이라고 할 수 있다.

100엔짜리 초밥의 출현으로 일본의 전통적인 '스시' 전문집에 고객의 발길이 멀어지고 있다. 적어도 3~4년의 훈련을 쌓은 전문 요리사가 손으로 직접 만든 것이 아니면 '스시' 로 취급하지 않는 것이 일본이었다. 그만큼 값도 비싸고 전문 요리사의 콧대도 높았다. 이제 이들이 100엔짜리에 밀려날지도 모르는 위기감에 싸여 있다는 것이다. 100엔짜리가 세상을 바꾸는 현장에 우리가 지금 서 있는 것이다. 일본이 변하고 있는 것이다.

2. 가까운 나라

삼미센과 사물놀이

2년 전 어느날 일본이 낳은 천재적인 삼미센(三味線) 연주자인 타카하시 치쿠잔(高橋竹山)의 연주장면을 텔레비전으로 감상하고 크게 감동을 받은 일이 있다. 80을 넘은 나이에 앞을 못보는 장애인인 타카하시 노인의 그 빠르고 격렬한 삼미센 연주가 그렇게 처절할 수가 없었다.

삼미센은 일본에만 있는 그들의 고유악기로 단 3개의 줄로 이루어진 소박한 현악기이다. 악기가 소박한 만큼 연주는 그만큼 어렵다는 이 삼미센 하나로 타카하시 노인은 마치 우리가 사물놀이를 들으면서 느끼는 흥분과 감동을 자아내고 있었던 것이다.

이때까지 삼미센이라는 악기는 키모노를 입은 일본의 기생이 손님들 앞에서 길고 느린 일본의 민요를 부르는데 사용하는 악기쯤으로이해하고 있던 필자로서는 놀랄 만한 경험이었다.

필자는 농촌 출신이어서인지 모르나 농악을 유달리 좋아한다. 어디를 가도 농악 소리만 들리면 발길이 저절로 그쪽으로 옮겨질 정도이다. 요즘 인기 높은 사물놀이도 예외가 아니어서 외국에 나갈 때는 사물놀이의 디스크를 휴대할 정도이다.

한국의 전통 민속악기인 꽹과리, 장고, 징 그리고 북의 둔탁한 타악기가 품어내는 열기에 마음 속 깊은 곳에 숨어 있던 스트레스와 불평불만이 한꺼번에 사라지고 온 가슴이 시원해지는 흥분을 맛볼 수 있기 때문이다.

일본의 한 노인의 삼미센 연주에서 사물놀이의 흥분을 느꼈다면 이해되지 않을지 모르지만 그것은 사실이다. 피가 끓어오르는 처절하고 격렬한 흥분을 느낀다는 점에서 결코 사물놀이에 뒤떨어지지 않는다고 생각했다. 그만큼 타카하시의 삼미센 연주는 남이 흉내낼 수 없는 특이한 경지에 이르렀다고 할 수 있다. 이후 나는 이 노인의 삼미센 연주를 빼놓지 않고 듣고 있다. 완전히 팬이 된 것이다.

타카하시 노인은 앞을 전혀 보지 못하는 장애인이다. 일본의 최북단인 아오모리에서도 가장 북쪽에 위치한 쓰가루(津輕)해변의 빈한한 집안에서 태어나 어렸을 때부터 굶주림 속에서 헤어나지 못했다. 설상가상으로 유년시절에 질병으로 실명하게 되어 학교라는 데는 들어가보지도 못하고 걸식으로 연명하며 성장했다.

우연한 기회에 삼미센을 조금 배운 그는 이것만이 자기를 살릴 수 있는 길이라고 생각하여 밤이고 낮이고 삼미센 연습에 몰두한다. 그는 죽을 때까지 삼미센을 하게 된 동기에 대하여 주변사람들에게 "좋아서 한 것이 아니다. 살기 위해서 한 것이다."라고 입버릇처럼 말했다고 한다.

쓰가루 해변의 혹독한 추위와 눈보라 속에서 삼미센 하나를 의지하고 이집 저집 동냥다니는 타카하시 소년의 모습을 담은 영화가 화제가 된 일도 있다한다. 대동아전쟁의 와중이라 모두가 어려울 때였다. 문전

박대와 장애자에 대한 차별대우로 허기에 지쳐 쓰러진 것이 한두 번이 아니었다고 한다. 그런 가운데에서도 한시도 삼미센을 손에서 내려놓은 일이 없었다고 한다. 삼미센만이 그의 모진 목숨을 연장시켜주는 생명선이요 하느님이었던 것이다.

장대한 뼈대와 각진 얼굴, 유난히 솟아오른 광대뼈, 움푹 파진 눈자위를 꿈벅이며 삼미센을 연주하고 있는 타카하시의 얼굴을 바라보고 있노라면 이 노인이 혹시 우리 고향 옆집에 살던 아저씨가 아닌가 하는 착각을 하게 한다. 그 만큼 이 노인에게는 필자를 끌어들이는 까닭모를 친근감이 있다.

일본도 국토는 별로 넓지 않지만 우리 한국 못지않게 지방마다의 사투리가 있다. 특히 쓰가루지방의 사투리는 지독하기로 유명하여 일본 사람도 못 알아 듣는 경우가 많다.

그래서 이 노인이 텔레비전에 출연할 때에는 통역(?)이붙거나 자막으로 번역되어 나올 정도이다.

이런 타카하시에게 필자가 유난히 친근감을 느낀 이유는 무엇일까. 옆집 아저씨 같은 텁텁한 그의 외모 때문이었을까— 아니면 그의 삼미센 연주가 우리의 사물놀이가 주는 감동과 닮았기 때문이었을까. 하지만 그이유는 엉뚱한 데서 발견된다.

필자가 타카하시라는 사람을 알고 난 2년 뒤에 그는 87세의 나이로 타계한다. 일본의 모든 신문과 잡지가 그를 추모하는 기사와 함께 그의 생애와 음악세계를 상세히 소개하였는데 필자는 이 글들을 하나도 빼놓지 않고 읽을 수 있었다. 이 글들을 통해서 필자는 타카하시 노인이 우리 한국인과 무시 못할 어떤 인연으로 맺어져 있음을 알게 되었다. 그리고 이 인연이 필자로 하여금 그에게 친근감을 느끼게 했던 것이라고 지금도 믿고 있다.

　그가 삼미센 하나를 의지하고 눈보라속을 문전걸식하고 다닐 때 모든 사람이 문전박대하는 가운데에서도 그에게 훈훈한 인간의 정을 베푼 사람들이 있었다고 한다. 당시 일본군에 끌려와 이곳에서 탄광 노동자로 일하고 있던 '조선사람'이 그들이다. 당시 아오모리를 비롯한 동북지역의 탄광에는 조선에서 끌려온 노동자들이 열악한 노동환경에서 개 목숨처럼 죽어가고 있었다. 다행히 극소수의 사람들이 오늘날 동북지역에서 살고 있는 우리 동포 1세들이다.

아오모리-서울간 정기 항공편 취항 1주년 기념식 광경
(삼미센 연주자 타카하시의 고향인 아오모리는 한국과의 친선 활동이 활발하다)

　이들의 말을 들어보면 당시의 탄광 노동자의 생활은 한번 들어가면 죽어서야 나오는 그야말로 인간 생지옥이었다고 한다.

이들 조선에서 온 탄광 노동자들만은 이 어린 걸인을 냉대하지 않았다고 한다. 자기들도 배고파 죽을 지경인데 먹을 것을 나누어줘 허기를 면하게 하였고 우리의 '아리랑'도 함께 부르고 했던 모양이다.

이 어린 걸인은 그후 천신만고끝에 살아남아 삼미센으로 자기 경지를 개척하여 인간국보의 대접을 받을 정도로 출세한다. 그는 생전에 수많은 삼미센 연주작품을 남기게 되는데 이들 작품 가운데 그가 가장 사랑하고 소중히 여기는 걸작이 있으니그것이 바로 '아리랑'이라는 이름의 작품이다.

그가 어떤 심경으로 아리랑을 작곡했는지 모르나 춥고 배고팠던 시절 조선사람들이 베풀어준 따뜻한 온정을 기리며 작곡했을 것으로 추측해도 무리는 아닐 것이다. 아무튼 작품 '아리랑'은 타카하시의 절실한 추억이 서린 작품임에 틀림없다. 이렇게 해서 우리 민족의 얼이 서린 가장 한국적인 노래 '아리랑'이 일본의 대표적 전통악기인 삼미센의 연주작품으로 다시 태어났다는 사실을 발견하고 필자도 놀랐다.

그의 연주가 빠르고 격렬하여 피를 끓게 하는 것은 어린 시절의 굶주림과 고독에 대한 분노의 표현이라고 말하는 사람도 있다. 하지만 그는 90 가까이 장수하였으며 일본 음악사에 남을 거장으로 존경을 한몸에 받는 행복한 말년을 보냈다.

한번도 직접 만나본 일 없는 일본의 한 노인에게서 연민의 정을 느꼈던 것은 그와 필자와의 사이에 '아리랑'으로 연결된 무시 못할 인연이 존재했었기 때문이다.

김치는 만능이다

어느날 동네 헬스클럽에 다녀온 집사람이 기뻐서 하는 말이다.

"어떤 일본 여자가 내 피부가 곱다면서 김치 먹어서그러냐는 거예요."

요즘 김치가 한국음식인지 일본음식인지 분간하기 어려울 정도로 일본사람이 즐겨먹는 음식이 된 것은 새삼스러운 이야기가 아니다. 일본의 슈퍼마켓은 물론이고 동네의 구멍가게에서도 김치는 가장 잘 팔리는 인기상품이다. 요즘에는 김치를 사먹지 않고 우리처럼 가정에서 직접 담아 먹는 사람도 늘어나고 있다.

20년 전만 해도 한국인이 버스를 타면 마늘냄새 난다고 얼굴을 찡그리는 사람이 있을 정도로 김치는 일본인의 기피음식이었다. 그런 일본인이 김치의 맛을 알게 되고 마침내 최고의 기호식품으로 바뀐 것은 불과 10년 안팎이다. 88올림픽을 계기로 김치의 진가가 세계적으로 알려지게 되면서부터이다.

마늘냄새와 고추의 매운맛을 싫어하던 일본인이 김치에 맛을 들인 것이 아무래도 기이하지만 바로 거기에 김치의 진가와 매력이 숨어 있는 것 아닌가 생각된다. 지금은 오히려 한국사람 뺨칠 정도로 김치를 즐기고 있는 것이 이들이다.

우리가 집에서만 담가 먹는 전통을 고집하고 있는 사이에 이들은 몇 년 전부터 김치공장을 세워 하와이 등지로 대량수출하기 시작했다. 김치가 아닌 일본 상표의 '키무치'를 먹어본 서양 사람들은 김치가 일본의 전통음식인 것으로 알고 있다. 이렇게 일본인의 상술은 언제나 우리를 앞서가고 있다.

그러나 일본에서 생산되는 김치는 본래의 한국 김치맛과는 차이가 있다. 재료도 다르고 제조방법에도 차이가 있기 때문이다. 우선 일본의 배추는 우리것보다 두텁고 수분이 많다. 고춧가루도 너무 맵고 마늘도 톡 쏘는 우리 것과는 다르다. 무엇보다도 일본의 김치는 젓갈을 쓰지 않는다는 것이 결정적인 차이이다. 그러니 아무리 일본사람이 흉내를 잘 낸다고해도 우리맛과는 어디가 달라도 다를 수밖에 없다.

최근에는 한국에서 고춧가루와 마늘 등 재료를 구해가기도 하지만 수백 년 전통의 우리 젓갈 문화만은 흉내낼 수 없어 양념의 조화를 만들어내지 못한다. 우리는 김치를 '만든다' 하지 않고 '담는다'고 하는데 여기에는 깊은 의미가 있다. 김치는 만드는 것이 아니라 담는 것이어야 한다. 그런데 일본인들은 만들 줄은 아는데 담을 줄은 모른다는것이다. 그러니 맛이 다를 수밖에 없다. 그래서 필자는 일본에 가더라도 일본식 김치만은 입에 대지 않는다.

김치는 맛도 맛이지만 일본인들이 좋아하는 이유가 또 하나 있다. 김치가 스테미너 음식이라는 속설 때문이다. 일본 사람들은 남녀를 불문하고 김치가 정력과 스테미너를 주는 특효약쯤으로 믿고 있는 것이다. 얼마전 한일축구전에서 일본팀이 패하고 난 다음날 필자가 만난 3명의 일본인이 똑 같은 말을 했다.

"한국팀의 스테미너에는 당할 수 없다. 매일 김치를 먹는 한국팀이니까."

실력은 일본이 앞서지만 김치를 먹지 않아 스테미너가 딸렸고 그것이 원인이 되어 패했다는 논리이다. 레슬링에서도, 마라톤에서도, 복싱에서도 일본이 판판이지는 것은 모두가 김치 때문이라는 식이다. 김치는 우리의 수백 년 전통음식인데 그렇다면 과거 우리가 일본에 밀렸던 것은 어떻게 설명해야 할까.

얼마전 어느 일본 텔레비전에서김치가 스테미너 음식임을 입증하는 재미있는 특집을 방영한 일이있다. 김치에 들어가는 마늘과 고춧가루가인간에게 스테미너를 공급하는 주요한 물질이라는 것을 과학적인 데이터를 들어 설명하고 있었다. 마늘은 모르겠지만 고춧가루가 스테미너를 촉진한다니 이해가되지 않았지만 스포츠전문가라는 사람이그렇게 말하니 '아, 그런 모양이다' 고 수긍할 수밖에.

정작 김치를 상식하는 한국사람으로서 김치가 스테미너에 좋다고 생각해서 먹는 사람은 한명도 없을것이다. 우리 한국사람은 김치만 먹고 사는 줄 알지만 실제로는 의외라 할 정도로 그렇게 많이 먹는 것도 아니다. 필자의 경우는 먹지 않는 날이 더 많고 먹어도 한두 점이면 그만이다.

그런데 이번에는김치가 스테미너뿐만아니라 여성의 피부미용에도 좋은 음식이라는 이야기를 하고 있는 것이다. 집사람에게 듣기 좋으라고 한 말이겠지만 이제 일본사람은 자기들보다 나은 것이 있으면 모두가 김치의 덕택이라고 주장할 모양이다.

한국사람의 체격이 큰 것도 김치덕,정력적인 것도 김치덕, 여성의 다리가 긴 것도 김치덕,피부가 흰 것도 김치덕이라는 식이다. 평소 이런 면에서 컴플렉스를 가지고 있던 일본인이 좋은 핑계거리를 발견한 셈이다.

필자의 집에 놀러 온 어느 신문사 간부는 부부가 김치를 한 접시씩 다 먹어치우고 그 짜고 매운 국물까지 다 마시고 나더니 한 마디 했다.

"금년 겨울에는 감기도 걸리지 않겠어요."

어느새 김치가 감기 예방제로까지 둔갑한 것이다. 이런 추세라면 김치가 항암제로까지 승격할 날이 올지도 모른다. 이러니 김치가 만능이 아니고 무엇이겠는가.

일본 군마현에 있는 한 김치 공장
(태극기가 일장기와 함께 게양된 것이 특이하다)

일본의 전통음식을 먹어보면 담백하고 자극성이 없는 것이 특징이다. 야채를 소금에 절인 '쓰케모노'라도 있으니 다행이지 아니면 목구멍에 넘어가지 않을 정도로 싱거운 것이 일본음식이다. 평소 이런 음식에 길들여진 일본인의 입에 김치맛은 그야말로 충격이 아닐 수 없었을 것이다. 한번 입에 대면 도저히 잊을 수 없는 그야말로 마약과 같은 맛이었을 것이다.

그래서 김치 인구는 날이 갈수록 늘어나고 있다. 집사람에게 김치 담그는 법을 가르쳐 달라는 이웃집 할머니들의 성화가 귀찮을 정도이다. 한국에 가면 고춧가루를 사보내 달라며 돈을 맡기기도 한다.

김치 인구가 늘어나면서 일본 사람의 김치 먹는 방법도 다양해지고 있다. 김치찌게를 비롯하여 김치우동, 김치덮밥, 김치스시, 김치부침, 김치라면 등 그 수를 헤아릴 수 없을 정도이다. 라면의 종주국인 일본의 라면이 우리의 김치라면에 밀려 라면업계가 위기를 맞을 정도이다.

김치에 돼지고기를 넣고 부글부글 끓여서 쌀밥과 배부르게 먹으면 아닌게 아니라 스테미너가 솟을 법도 하다. 채소와 생선이 원료인 김치를 맛있게 먹으면 실제로 피부미용에도 도움이 될 것이라는 생각이 든다. 그러니까 일본 사람들의 김치에 대한 맹신에도 일리가 있다고 보아야 한다. 그래서 일본인들이 "김치가 스테미너에도 좋고 미용에도 좋은가."하고 물으면 나는 구태여 아니다 라고 절대 말하지 않는다.

요즘 김포공항에 나가보면 김치를 사들고 나가는 일본 관광객을 수 없이 만날 수 있다. 한국에 간다고 하면 '김치 좀 사오라'는 것이 친지들의 인사이기 때문이다. 외국으로부터의 식품 반입에 엄격한 일본공항이지만 한국의 김치만은 체크도 없이 무사통과 시킨다. 김치는 참으로 만능이다.

도자와무라의 한국 여성들

야마카타(山形)현은 일본 전국에서 가장 오지로 손꼽히는 곳이다. 이름 그대로 첩첩산중이어서 외부에서 들어오기 위해서는 큰 산을 몇 개나 넘어야 한다. 긴 터널이 수없이 이어지는 고속도로가 생긴 것도 최근의 일이다.

산이 많으니 경관이 수려하고 온천이 좋아 최근에는 관광의 명소로 변하고 있지만 옛날부터 지세가 험하고 전답의 비율이 낮아 주민의 생활수준도 전국에서 가장 뒤떨어진 현이다. 특산품이라야 '사쿠란보'(버찌)이외에 특별한 것이 없다.

이 야마카타현에서도 가장 오지에 해당하는 북쪽 끝에 도자와무라(戶澤村)라는 작은 마을이 하나 있다. 야마카타의 현청 소재지에서 지방도로를 약 2시간을 달려가면 이 작은 마을을 비켜 흐르는 아름다운 모가미(最上)강과 만나게 되는데 이 강과 도로가 만나는 지점의 양지바른 언덕배기에 고려관(高麗館)이 서 있다.

고려관은 도자와무라와 충북 제천과의 오랜 자매결연과 교류 끝에 탄생한 기념물이다. 청풍 문화단지를 연상케 하는 우리 고유양식의 기와집과 단청건물 5채가 아름답게 배치되어 있다. 입구엔 해태와 천하대장군이 서 있고 안으로 들어가면 김치, 고추장, 민속품을 파는 한국특산물관과 불고기전문의 한국 식당이 문을 열고 있으며 그 옆으로는 우리의 전통 놀이마당도 보인다. 20만 평의 토지에 총 13억엔(130억원)을 투입하여 10년간에 걸쳐 완성했다는 이 고려관은 개관된 지 3년밖에 되지 않지만 일본 동북지역의 관광명소로 자리잡고 있다.

야마카타는 일본의 가장 대표적인 농촌지역이다. 국민 소득이 3만불을 넘는 나라이지만 농촌만은 아직도 우리 농촌이 가지고 있는 문제점을 그대로 빼놓지 않고 다 가지고 있는 곳이 일본이다. 그 중에서도 특히 농촌 총각의 결혼문제는 심각하다 못해 사회문제가 된 지 오래다.

여기에서 나온 것이 외국 여성과의 농촌총각 짝지어주기 운동이다. 이 운동은 그런 대로 성공하여 약 10여년 전부터 필리핀, 중국, 동남아 등지에서 외국 여성이 한두 명씩 시집오기 시작했다. 이들 가운데에는 한국여성도 포함되어 있었다. 필자가 조사한 바로는 한국여성이 일본 농촌에 시집오기 시작한 것은 대체로 88올림픽 이후부터이다. 처음에는 농촌총각으로부터 수수료를 받은 중매인이 알게 모르게 한두 명씩 데려왔다고 한다. 그후 본격적인 유치작전으로 10여 년이 지난 지금에는 야마카타현 내에만 무려 500여 명의 한국 여성이 들어와 살고 있는 것으로 확인되었다.

여러 가지 이유로 혼기를 놓쳤거나 국내에서 결혼에 실패한 여성이 대부분으로 비교적 연령과 학력이 높고 도시 출신이 많다는 것이 특징이다. 이에 반해 상대방인 농촌총각은 생활에는 불편이 없으나 학력은 낮고 연령은 높아 40전후의 노총각이 대부분이다.

모든 면에서 어울리지 않는 조건에서 한국에 시집온 여성들이 일본

생활에 적응하느라 얼마나 고통이 컸을 것인가는 짐작하고도 남음이 있다. 특히 농사일에 익숙치 않은 도시출신 여성이 일손 많은 농촌생활에 적응한다는 것은 참으로 어려운 일이다. 더구나 언어장벽, 시어머니와의 갈등, 일본인 남편의 컴플렉스는 견디기 어려운 고통이었을 것이다. 그래서 어떤 여성은 이런 고생을 견디다 못해 도시로 도망쳤다가 몸을 버린 예도 적지 않았다고 한다.

하지만 대부분은 어려움을 잘 극복하여 언어가 통하고 아이도 가지면서 점차 일본사회에 동화되어 갔고 이에 따라 주변의 따가운 눈총도 점차 사라지기 시작했다고 한다.

때마침 일본에서 김치의 붐을 타고 이들 한국에서 건너온 여성들이 만든 김치맛이 주변에 알려지자 야마카타현은 이 김치를 지역 특산품으로 결정하였고 이것이 전국적인 인기를 끌게 되자 한국 여성에 대한 인식이 크게 바뀌기 시작했다. 현재 일본에서 가장 인기있는 김치인 '도자와류 김치' 는 바로 이들 한국 여성들이 개발한 작품이다.

무엇보다도 얼굴이 같고 일본어에 능하며 생활력이 강한 한국여성들의 진가가 알려지면서 요즘에는 한국여성을 아내로 맞이하려는 농촌 총각들이 경쟁적으로 한국을 찾아가고 있다고 한다. 이 지역에 한국여성의 숫자가 빠른 속도로 늘어난 이유가 여기에 있다.

일본 사람들은 외국에서 시집온 여성들을 통틀어 하나요메(花嫁)라고 부른다. 하나요메는 새색시의 애칭이다. 얼마전 필자는 한국의 하나요메의 실태를 살펴보기 위하여 도자와무라를 방문한 일이 있다. 고려관을 안내해 준 이 마을의 촌장 신도(進藤)는 야마카타현에 한국여성이 급증하면서 고려관이 마치 한국의 하나요메를 기리는 상징물로 인식되고 있으며 한국여성의 인기가 올라가면서 고려관의 인기도 저절로 높아지고 있다면서 웃었다.

고려관을 둘러보고 난 후유자와야(湯澤屋)라는 조그마한 온천 여관에 들렀다. 필자를 안내한 여관 종업원은 키모노를 예쁘게 차려입은 40대 초반의 여성이었다. 그녀의 걸음거리와 언어가 어딘지 마음에 걸려 한 마디 건네볼까 하다가 실례가 될 것 같아 그만두었는데 그날 밤 침구를 깔아주기 위해 방에 들어온 그녀가 주저주저하며 말했다.

"사실은 저도 한국에서 시집온 사람입니다."

완벽한 우리말이었다. 이 시골의 작은 여관에서 한국의 하나요메를 만날 줄은 꿈에도 몰랐다. 참으로 반갑고 놀라웠다. 복잡한 사연을 가지고 있는 경우가 대부분인 이들에게 과거를 묻는 것은 실례이다. 그러나 그녀는 자기 고향이 부산이고 6년 전에 이곳에 시집왔는데 일본인

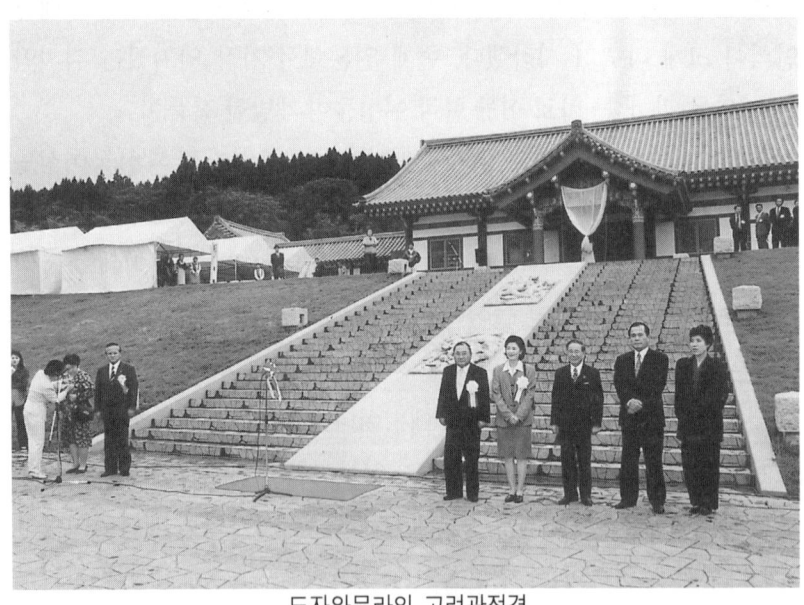

도자와무라의 고려관전경
(개관식에 당시의 주일대사와 함께 참석하여 지방유지의 환영을 받았다)

남편이 착한 사람이어서 전 남편과의 사이에서 태어난 자식까지 데려다 기르고 있다고 말했다. 이 여성의 한 마디는 하나요메가 늘어나는 현상을 약간은 우려의 눈으로 바라보던 필자를 안심시키고도 남음이 있었다.

다음날 새벽, 여관 옆마당에 아사이치(朝市)가 선다기에 산보삼아 나가 보았다. 아사이치란 주민들 손으로 운영하는 말 그대로 새벽장을 말한다. 마침 10여 명의 아낙이 산나물과 채소 등을 팔고 있었다. 그런데 그중 한 여성이 얼굴도 크고 목소리도 큰 것이 어딘가 낯익은 인상이어서 돌아와 여관 주인에게 물었더니 한국에서 온 하나요메라는 것이다.

밭일도 잘하고 음식솜씨도 좋아 인근에 살림꾼으로 소문난 여성이라는 것이다. 남은 물건이 있으면 팔아줄 양으로 다시 나가보았더니 그녀가 탄 소형트럭이 막 출발하고 있었다. 그녀도 필자가 한국 사람인 것을 알아 보았는지 트럭 뒤로 손을 흔들어주고 있었다. 하나요메의 존재가 엄청난 무게로 다가오는 순간이었다.

재일교포사회에서도 이들 하나요메의 존재에 대하여 알고 있는 사람은 그리 많지 않다. 알아도 말하려 하지 않고 오히려 외면하려는 경향이 있다. 그들도 일본국적을 취득하기까지는 엄연한 재일교포이지만 아직까지는 이들에게 동류의식을 느끼지 않는 것 같다는 것이 필자의 솔직한 견해이다. 그렇다고 영원히 이들 하나요메의 존재를 교포사회의 치부처럼 인식하고 베일 속에 숨겨놓을 수는 없다고 생각한다. 그래서도 안된다. 그런의미에서 필자의 이글이 이들의 존재를 세상에 알리는 계기가 되었으면 한다.

사무라이와 매화

지금으로부터 400여 년 전의 일본은 전국 각지에서 실력자들이 자기 영토를 확장하기 위한 싸움에 영일이 없는 이른바 전국시대였다. 자기 세력의 확대를 위하여는 수단과 방법을 가리지 않았으며 형제간이나 부자간의 골육상잔도 마다않는 비정의 시대였다. 이런 시대를 배경으로 동북지방에 걸출한 사무라이 하나가 나타난다. 후에 센다 이번주로 이 지방일대를 호령하던타 데마사무네(伊達正宗)가 그사람이다.

무사가문의 장남으로 태어난 마사무네는 어려서부터 범상치 않은 인물이었다. 그를 미워하는 생모와의 갈등끝에 친동생을 자신의 손으로 살해함으로써 가문의 주도권을 잡은 그는 주변 세력을 하나하나 굴복시키며 힘을 키워나간다. 부친을 인질로 삼고 대항하는 적에게 돌격작전을 감행하여 결국 싸움은 이겼으나 부친을 잃는 비정한 용맹성을 보이기도 하였다. 적의성을 함락하면 성내의 아녀자까지 한 명도 남김없이 죽이는 잔인성으로 그에게 대항할 자가 없었다.

결국 주변 세력을 제압하고 동북의 최강자로 군림하게 되지만 이미 세상은 토요토미 히데요시(豊臣秀吉)의 손에 들어간 뒤였다. 뒤늦게 히데요시를 만나보고 그의 그릇이 자기보다 크다는 것을 깨달은 마사무네는 스스로 복속하게 되지만 "내가 10년만 빨리 태어났어도 히데요시를 이길 수 있었는데" 하고 한탄했다는 일화가 있다.

타데마사무네의 파란만장한 일생은 사무라이 영화로도 여러 번 소개된 일이 있지만 이 지역 사람들은 그를 '전시에는 불패의 용장, 평시에는 뛰어난 경세가'로 숭앙하고 있다.

일본 전국을 평정한 히데요시가 지방의 실력자들의 힘을 뺏기 위하여 임진왜란을 일으키자 마사무네는 히데요시의 환심을 사기 위하여 그가 요구한 병력의 2배를 내놓고는 스스로 부산까지 출정한다. 그러나 임진왜란시 그의 행적에 관한 기록이 별로 없는 것으로 보아 왜장으로서의 그의 활약은 대단한 것이 없었던 게 아닌가 생각된다. 그대신 그는 부산에서 철군할 때 조선의 매화나무를 들고 돌아왔다고 전해진다.

센다이시에서 동북방향으로 30분간 달리면 마쓰시마(松島)라는 아름다운 해안마을에 당도한다. 일본 3경 중의 하나로 꼽히는 이 마쓰시마에는 즈이간지(瑞巖寺)라고 하는 유서 깊은 큰 절이 서 있다. 아름드리 삼나무로 둘러싸인 이 절의 경내로 들어서면 중문을 사이에 두고 양쪽에 두구루의 와룡매(臥龍梅)가 위풍당당하게 서 있는 것을 발견하게 된다.

400년의 수령을 자랑하는 이 와룡매의 줄기는 버팀목에 의해 지탱하고 있지만 지금도 매년 3월이 되면 무성한 가지들이 아름다운 꽃을 피워내 주위를 환하게 물들인다. 마쓰시마는 이 매화꽃이 있어 더욱 아름답다고 노래 부른 시인도 있다. 이 나무 옆에는 400년 전 타데마사무네가 조선에서 가져온 것이라고 분명하게 쓰인 푯말이 서 있다.

필자는 센다이에서 근무할 시절 매년 3월이면 와룡매를 찾아 이곳을 방문하곤 했는데 그때마다 우리의 가슴 아픈 역사를 대하는 것 같아 착잡하기는 했지만 반가운 마음을 금할 수 없었다. 매화의 향기에 한껏 취했다가 돌아오면서 필자는 마사무네의 인간됨을 곰곰이 생각해 보곤 했다. 다른 적장들이 조선의 도공이나 미술품을 약탈해 올 때 조선 매화 두그루만을 달랑 들고 왔다는 타데마사무네는 과연 어떤 인물이었을까.

임진왜란시의 적장을 칭찬할 마음은 추호도 없지만 조선 매화의 아름다움을 알아보았던 그의 심미안과 400년간 이 나무를 국보처럼 기르고 보전해 온 그의 후손들의 정성 하나만은 칭찬해도 되지 않나 하는 생각이 든다.

필자는 절의 주지를 비롯한 일부 뜻있는 일본인이 추진하던 이와 룡매의 고향찾아주기 운동을 적극 지원한 일이 있다. 이 운동이 결실되어 금년 초에 와룡매에서 채취한 묘목을 서울의 안중근의사 기념관에 식수할 수 있었던 것은 참으로 다행스러운 일이다.

꽃이야기가 나왔으니 한 가지만 더 이야기해야겠다. 필자가 일본의 동북지방에 머물면서 한 가지 기이하게 생각한 것이 있다. 이 지방의 어디를 가나 우리의 국화인 무궁화가 눈에 띈다는 점이다. 조사를 해보았더니 위로는 아오모리현에서 아래로는 후쿠시마현에 이르기까지 동북지방일대는 무궁화의 서식지였다.

한 가지 다른 것은 이곳의 무궁화는 우리처럼 시골집 담장노릇이나 하는 천대 받는 나무가 아니라 인기 높은 정원수로서 대접을 받는다는 것이다. 이곳의 무궁화는 7,8월이면 다른 나무들이 무더위에 지쳐 꽃을 피워내지 못할 때 홀로 탐스럽게 피어 사람들의 사랑을 받고 있는 꽃이었다. 더욱 신기한 것은 일본 사람들도 이 꽃의 이름을 우리처럼 무구게(無窮花)라고 쓰고 있다는 점이다. 우리의 고유한 꽃으로 한반도에만 서식하고 있을 것으로 여겨왔던 무궁화인지라 반가움에 앞서 기이하게만 여겨지는 것이다.

"이 꽃이 한국의 국화인데 어떻게 여기에 이렇게 많지요." 하고 일본 사람들에게 물었더니 오히려 그들이 놀라는 표정이었다. 이 지방에만 있는 꽃인 줄 알았는데 한국의 국화라니 이해할 수 없다는 것이다.

무궁화가 우리의 국화가 된 내역에 대하여는 필자도 설명이 궁하다. 이 무궁화가 일본의 동북지방에 널리 퍼져 있는 이유에 대하여는 더욱 이해할 수가 없다. 설마 타데마사무네가 400년 전에 매화와 함께 조선에서 들여온 것은 아닐 테고 말이다. 다만 무궁화가 이곳에서는 우리나라에서 보다 훨씬 더 사랑과 대우를 받는 정원수가 되어 있다는 사실이

즈이간지 경내의 **와룡매**(수령 400년의 와룡매는 정성스런 보살핌이 없이는 생존이 불가능하다. 늘어진 가지를 치켜세운 모습)

고맙고 다행스러울 뿐이다.

일본 사람들이 무궁화를 사랑하는 것을 보면서 무궁화보다 더 화려하고 예쁜 꽃을 국화로 정했으면 좋았을 텐데 하고 아쉬워하던 지금까지의 생각을 바꾸기로 했다.

그렇다. 무궁화는 결코 화려하고 예쁜 꽃은 아니다. 하지만 반드시 화려하고 예쁜 꽃만 국화가 되어야 한다는 법이 어디 있나. 다른 꽃들이 다 시들고 더위에 피어나지 못할 때 홀로 피어 쓸쓸한 정원을 환히 빛내는 꽃, 그래서 많은 사람에게 즐거움을 주는 그런 꽃이라면 그것만 가지고도 한 나라의 국화가 될 만한 자격이 충분한 것 아닌가.

아무리 화려하고 예뻐도 본분을 지키지 않는 여성은 사랑을 받지 못하지만 미인은 아니더라도 여성으로서의 자기 본분에 충실하면 사랑을 받는 것처럼 이 소박하고 수줍어하는 듯한 무궁화야말로 국화로서 사랑을 받을 만한 충분한 자격을 갖추고 있는 것 아닌가 생각되었다.

일본의 동북지방에 피어난 무궁화를 바라보면서 무궁화의 진가를 깨닫게 되고 그 꽃을 국화로 정한 우리 선현의 깊은 뜻을 이해하게 되었다면 웃기는 소리일까.

교포자녀의 80%가 일본인과 혼인

일본에 있으면 심심치 않게 결혼 청첩장이 날아온다. 청첩과 함께 결혼축사를 해달라는 부탁을 받기도 한다. 물론 동포 자녀의 결혼식이 대부분이다. 그런데 이들 결혼 청첩장을 살펴보면 신랑과 신부 양측이 모두 한국인인 경우는 드물다. 어느 한쪽은 일본인이라는 것이다.

이럴 때마다 약간은 당황한다. 필자의 의식이 아직도 세계화가 덜 된 때문인지 국제 결혼에는 이질감을 느낀다. 그래서 이런 국제 결혼식에 참석하여 축사한다는 것이 여간 곤혹스럽지가 않다.

일본의 결혼식은 우리와 다르다. 거의 한나절에 걸쳐 진행하는 것 자체가 그렇고 내빈 한 사람에 3,4만엔(3,40만원)짜리 요리를 내놓는 호화파티라는 점에서도 우리와는 크게 다르다. 일본의 결혼식에 참석해 보면 평소의 일본인의 근검절약정신은 어디에서도 찾아볼 수가 없다. 이때 한번 쓰기 위해서 그동안 절약한 것이 아닌가하는 생각이 들 정도로 낭비와 허례가 지나치다.

이런 행사이니 축사를 한 마디 해도 제대로 하지 않으면 안되는 부담이 있다. 필자는 보통 "한일 친선은 양국의 평화와 발전에 필수적이다.

오늘의 이 결혼이야말로 한일우호를 몸으로 실천하는 본보기이다."는 식의 딱딱한 구절을 애용하기도 하지만 신부쪽이 일본인일 때는 "옛말에 프랑스식 주택에서 중국식 요리를 먹으며 일본인 아내와 생활하는 것이 남자의 꿈이라는 말이 있는데 그런 의미에서 신랑은 가장 이상적인 신부를 맞이한 것이다."고 말하여 양가를 기쁘게 하려고 노력하기도 한다.

한민족은 단일민족이어서인지 여간해서는 외국인과는 혼인하지 않는 전통을 가지고 있다. 피부색깔이 다른 서양인과는 말할 것도 없고 외모가 같은 일본인이나 중국인과도 가급적 피하려고 한다. 이런 경향은 외국에 나가 사는 동포들도 마찬가지여서 가능하다면 한국인끼리의혼인을 선호한다. 이것이 해외교포자녀의 결혼을 어렵게 만드는 요인이 되고 있다.

그런데 이런 경향이 재일교포 사회에서는 점차 바뀌고 있다. 2,3세가 교포 사회의 주류를 이루기 시작하면서 나타난 현상이다. 오늘날 대부분의교포자녀들은 한국인과 결혼해야 한다는 생각에 얽매어 있지 않다. 물론 1세들은 아직도 자녀의 결혼상대로 한국인을 절대 선호하고 있지만 2,3세들은 일본인에게만은 결혼에 이질감을 느끼지 않는다는 것이다. 이같은 현상은 최근 일본법무성의 통계자료에서 잘 나타나 있다.

이 부분에 관한 최신 기록인 95년도의 조사자료에 의하면 재일한국인 자녀의 연간 결혼건수가 총 8,953건이었는데 이중 신랑이 일본인이고 신부가 한국인인 경우가 4,521건으로 50퍼센트를 차지하고 있다. 그 반대의 경우 즉 신랑이 한국인이고 신부가 일본인인 경우가 2,842건으로 32퍼센트였으며 민단, 조총련 구분 없이 한국인끼리의 결혼은 1,485

건으로 17퍼센트에 지나지 않았다. 이 통계는 80퍼센트의 재일교포 자녀가 일본인과 국제결혼을 하고 있음을 나타내고 있다.

교포여성의 일본 남성과의 결혼은 우리 교포사회가 점차 일본화되고 있음을 의미한다는 점에서 주목할 필요가 있다. 일본 남성과 결혼한 대부분의 교포여성은 언제인가는 일본국적으로 바꾸게 되어 있으며 그 자녀들은 자동적으로 일본국적을 취득하기 때문이다.

더구나 요즘에는 귀화하는 교포의 수가 매년 급속도로 늘어나고 있다. 귀화교포가 늘어난다는 것은 재일동포의 절대수가 그만큼 줄어든다는 것을 의미한다. 실제로 91년도에 69만 명이었던 교포수가 96년도에는 66만 명으로 줄었다. 5년 동안에 무려 3만명이 줄어든 것이다. 이런 현상이 앞으로 계속된다면 언젠가는 재일교포사회가 붕괴되고 한국계일본인만 남는 날이 올지도 모른다.

재일교포사회는 그 형성과정이 다른 나라에 살고 있는 교포사회와 달라 뿌리의식이 유난히 강하고 그동안 나라가 어려움에 처할 때마다 앞장서 조국에 헌신해 온역사가 있다. 그런 의미에서 재일교포사회의 붕괴는 우리 국력의 약화로 이어질 것이 분명하다.

오늘날 재일교포사회의 주류는 2,3세이다. 이들은 일본에서 태어나 일본식 교육을 받고 일본식 사고방식으로 생활하고 있는 일본사회의 일원이다. 과거 징용이나 탄광부로 끌려와 평생을 고통과 굶주림의 질곡 속에서 살아 남은 한많은 1세들과는 사고방식도 다르고 생활태도도 다른 세대이다. 1세들에게는 돌아가고 싶은 조국과 고향이 있지만 2,3세들의 고향은 바로 일본이며 죽어서 돌아갈 곳도 일본밖에 없는 사람들이다.

이들 교포자녀들이 언어도 다르고서 생활방식도 다른 우리 국내의 자녀들과 결혼한다는 것은 국제결혼 이상의 이질적 결합을 의미한다. 그에 반하여 일본인과의 결혼은 어디 한 곳 불편이 없는 극히 자연스럽고 당연한것일 수밖에 없다. 그렇기 때문에 이들에게 조국관이나 애국정신을 크게 기대할 수도 없다. 이들이 우리말을 조금씩이나마 할 수 있는 것도 애국심 높은 1세들이 아직도 살아 남아 영향력을 행사하고

어느 한일 친선 모임

있기 때문이라고 볼 수 있다.

그런 의미에서 교포 2,3세는 국적만 한국이지 일본의 공동체사회의 일원이며 일본의 주민이다. 이들은 일본을 사랑하며, 일본이 2002년 월드컵 대회의 개최국으로 선정되자 일본인 못지않게 기뻐한 것도 그들이다.

그런데 일본정부의 재일교포정책은 어떠한가. 우리 교포자녀들의 일본화 현상이 심화되고 있음에도 불구하고 이들에 대한 정부당국의 태

도는 예나 지금이나 달라진 것이 없다. 한 마디로 이들을 공생공영의 마당으로 불러들일 태세가 되어 있지 않은 것이다. 재일교포에 대한 취직상의 차별정책이 그렇고 재일교포의 지방참정권을 아직까지 인정하지 않고 있는 것이 그러하다.

재일한국민단은 지방참정권을 획득하기 위하여 몇년 전부터 조직을 통틀어 청원활동을 계속해 오고 있다. 지방참정권이란 지자체의 장이나 지방의원을 선출하는 권리이다. 재일교포는 일본국민이 아님으로 국회의원 선출권은 없지만 주민으로서 지역대표를 선출할 수 있는 권리는 인정해야 한다는 것이 민단측 주장이다. 일본이 아직도 이를 인정하지 않고 있는 것은 이들을 일본의 주민으로 수용할 뜻이 없음을 의미한다. 일본이 아직도 세계화가 되지 않고 있다는 뚜렷한 증거이다. 일본이 국제사회의 지도국이 되려면 아직도 멀었다는 이야기이다.

안중근의사와 일본사람들

　도쿄에서 동북자동차도를 타고 북쪽으로 2시간 반 가량 달리면 미야기현의 와카야나기(若柳木) 인터체인지에 도달한다. 여기에서 내려 국도를 타고 다시 5분가량 되돌아오다 보면 왼쪽 길가에 타이린지(大林寺)라는 절 하나가 보인다. 일본의 절은 보통 도시나 마을의 한가운데 세워져 있지만 이 절은 비교적 한적한 시골길에 자리잡고 있다.

　작지도 크지도 않은 이 절의 경내로 들어서면 대웅전에 해당하는 주 건물이 보이고 그 바로 앞뜰에 보통사람의 키보다 두 배는 됨직한 석비가 하나 세워져 있다. '위국헌신군인본분'(爲國獻身軍人本分)이라는 낯익은 비문이 금세 눈에 들어온다. 안중근 의사의 현창비(顯彰碑)이다.

　안의사가 하얼빈역에서 이토히로부미(伊藤博文)를 쓰러뜨린 것은 지금으로부터 91년 전인 1909년 10월 26일이다. 전 세계를 진동시킨 이 역사적 거사는 밖으로는 한민족의 강인한 독립정신을 만방에 알렸고, 안으로는 나라 잃은 백성의 민족정신을 일깨우는 계기가 되었다.

　이토히로부미는 당시 일본 국민의 존경을 받던 최고 지도자였으니 이사건으로 일본인들의 간담이 얼마나 서늘했었겠나 짐작하고도 남음이있다. 거사 이후 형장의 이슬로 사라질 때까지 안의사의 의연하고 당당한 태도는 또 한번 일본인들을 놀라게 하고도 남음이 있었다. 안의사 현창비는 안의사가 사형당한 지 83년만에 일본땅에 다시 부활한 것을 뜻한다.

안의사가 대련 형무소에 수감되어 처형을 기다리고 있는 동안 그를 담당했던 간수 가운데 치바도시치(千葉十七)라는 당시 24세의 육군 헌병이 있었다. 그는 안의사의 현창비가 서 있는 구리코마(栗駒)라는 한 산골에서 태어나 그곳에서 평범한 소년기를 보내다가 일본군에 입대한 청년이다. 그는 사형수인 안의사를 만나자마자 그의인격에 커다란 감명을 받는다. 특히 안의사의 애국정신과 동양평화론은 이 젊은이로 하여금 적대관계를 떠나 존경심에 불타게 한다.

처형 당하기 바로 전날 안의사는 그의 죽음을 애석해 하는 치바 청년에게 유묵을 남긴다.

'위국헌신군인본분' (爲國獻身軍人本分)

나라를 위하여 몸을 바치는 것은 군인의 본분이라는 뜻이다. 종전이 되자 치바청년은 이 유묵을 보물처럼 싸들고 고향땅에 돌아온다. 그는 안방에 안의사를 모시는 불단을 차려놓고 죽을 때까지 안의사를 신처럼 모시면서 명복을 빌었다.

이같은 사실이 주위에 알려지자 타이린지의 주지사이토(齊藤)가 치바의 유가족을 설득하여 그 유묵을 1979년에 한국의 안중근의사 기념관에 기증하게 된다. 사이토 주지는 치바의 유족에게 안의사가 한국민족의 영웅이며 세계가 존경하는 인물이기 때문에 진정으로 그를 존경한다면 유묵을 한국측에 넘겨 주는 것이 도리라고 끈질기게 설득하였다고 한다.

한국에의 기증과 동시에 안의사와 치바청년의 우호적 관계를 기리는 의미에서 현창비를 이곳에 세우게 된 것이다. 이때 미야기현의 지사를 비롯한 지방유지의 적극적인 지원이 있었고 이같은 사실이 널리 알려지게 된다. 이 현창비를 건립함에 즈음하여 당시 미야기현의 야마모토(山本)지사는 '한일 양국의 영원한 우정을 기원하면서' 라는 글을 남겨 비문 이면에 새겨놓았다.

이후 이 절에서는 매년 한 번씩 안의사와 치바를 위한 추도회를 열고 있는데 필자는 총영사 재직시 한 번도 빠짐없이 이 행사에 참석한 일이 있다. 이 추도회는 이 지방의 큰 행사로 되어 있어서 행정기관 의장과 상공회장 등 지방유지와 치바가의 후손들이 검정 양복에 검정 넥타이 차림으로 대거 참석한다. 이들 일본인들이 경건한 자세로 안의사를 추모하는 모습을 바라보고 있으면 표현하기 어려운 깊은 감회에 휩싸이곤 한다.

일본 교과서는 아직도 안의사를 '테러리스트' 라고 표기하고 있다. 아무리 지나간 역사라고는 하지만 자기 나라의 최고지도자를 권총으로 사살한 한 사람의 테러리스트를 이렇게 경건한 자세로 추모하는 이들의 정신자세는 어디서 연유하는 것일까. 당시 만철의 이사로 이토를 안내하는 과정에서 안의사가 쏜 유탄을 맞고 중상을 입은 타나카(田中)는 후에 이렇게 말했다고 한다.

"내가 아는 일본인이나 외국인 가운데 제일 인상에 남는 위인은 유감스럽게도 안중근 선생이다. 안중근은 내 눈에는 신에 가까운 사람이었다."

당시 안의사를 재판했던 대련 고등법원 히라이시(平石)재판장도 "나는 수많은 재판에 입회해왔지만 안중근씨보다 강한 신념을 가진 사람은 본 일이 없다."고 칭송한 바도 있다.

안의사를 존경하는 일본인은 그 당시 역사의 현장에 있었던 사람들만이 아니다. 최근에는 양심있는 일본인들이 안의사에 대한 평가를 새롭게 하자며 그의 행적을 추모하는 모임까지 만들고 있을 정도이다.

로마인은 예수를 처형했지만 결국 예수를 믿게 되고 기독교를 국교로 삼았으며 그래서 로마는 위대한 제국을 이룰 수가 있었다. 자기들 손으로 처형했던 안의사를 추모하는 일본인들을 바라보면서 일본의 또 하나의 강한 면을 발견하게 되었다면 지나친 비유일까.

안의사 현창비가 서 있는 타이린지가 세상에 알려지자 한국의 매스컴 취재와 대학생의 참배가 잇따르기 시작했다. 한때는 일본땅에 대한민국의 성지가 탄생이라도 한 것처럼 야단법석을 떨기도 했다. 그래서

안중근의사 현창비(추모식에 참석한 지방유지들. 가운데 승복차림이 사이토 주지)

필자와 친한 이 절의 제 2대 주지 사이토는 이들 한국인을 접대하기 위하여 절간을 확장하는 등 바쁘게 뛰어다닌 일도 있다.

그런데 얼마전 사이토를 만났더니 요즘에는 찾아오는 일본 사람은 늘어나는데 정작 한국에서 찾아오는 손님의 발길이 뚝 그쳤다면서 이러다가는 한국사람은 한 명도 없는 일본사람들만의 안중근의사 추모회가 될지도 모른다며 울상이었다.

IMF의 영향이라면 그나마 다행이다. 경제상태가 나아지면 다시 찾아가는 사람이 늘어날 테니까 말이다. 그렇지 않고 이런 현상이 우리의 냄비기질 때문이라면 안의사의 혼령 앞에 정말 부끄러운 일이다.

한국을 잘 아는 어느 일본인의 말이 기억난다. 한국사람은 시작은 요란한데 뒤가 시원치 않은 것 같더라는 말이다. 사실이 아니라고 주장하고 싶지만 안의사에 대한 추모의 열기가 사라지는 현상을 바라보며 할 말을 잊는다.

코케시 인형과 센다이 단스

　지금부터 꼭 30년 전 집사람이 시집올 때 일본인형 한 개를 들고 왔다. 직경 5센티, 길이 20센티 정도의 통나무에 소녀 모습의 머리통을 올려놓은 목각인형이다. 인형에 그려넣은 그림도 유치하고 모양도 볼품없어 별로 관심이 없었는데 집사람은 이것을 안방 화장대에 세워놓고 보물처럼 아끼던 것을 지금도 기억하고 있다.

　언제인가 집사람에게 그 인형에 대하여 물었더니 64년도 도쿄 올림픽에 육상 대표선수로 출전했을 때 일본 체육회로부터 기념으로 받은 것이라면서 이름은 잊었다고 했다. 집사람으로서는 기념될 만한 것이겠구나 싶었으나 이후 그 인형에 대한 것은 까마득하게 잊어버리고 지내왔다.

　그로부터 27년만에 필자는 일본 동북지방 6개현을 관할하는 주 센다이 한국 총영사관에 부임한다. 관례에 따라 부임하자마자 현지사를 비롯한 상공인, 언론인 등을 인사차 방문하였는데 가는 곳마다 이 지방의 특산품이라면서 기념품 한 개씩을 주었다. 집에 와서 풀어보니 모두가 한결같이 목각인형이었다.

그런데 이 인형들의 모양새가 어디에선가 많이 본 듯한 것이어서 집사람에게 보였더니 집사람이 자지러지게 놀라는 것이 아닌가. 30년간 우리 안방을 지키던 일본의 목각인형이 바로 이곳 동북지역의 특산품인 '코케시' 인형이었음이 확인되는 순간이었다.

그러니까 필자가 코케시와 인연을 맺은 것은 30년 전이다. 어떤 면에서 필자는 그만한 오랜 세월을 이곳 일본의 동북지역과 인연을 맺어 온 셈이다. 이 인연이 세계의 수많은 공관을 두고 하필이면 센다이로 부임하게 한 것은 아닐까 하는 생각이 들 정도이다.

30년만에 그것의 원산지에서 만난 코케시 인형은 신기하게도 지금까지와는 전혀 다른 느낌으로 다가왔다. 특히 코케시 인형의 유래를 알게 되고 또한 그것의 제작과정을 직접 돌아보고 난 다음부터는 신기할 정도로 이 인형에 마음을 빼앗기고 있다.

코케시는 언뜻 보아서는 아주 단순하고 유치한 나무인형이다. 정교하지도 않고 재질이 특별히 고급도 아니다. 그런데 사실은 이 점이 사람의 마음을 끄는 요소이기도 하다. 꾸밈없는 외모의 단순성과 수수함에서 느끼는 친근감이 다른 인형에서는 느끼지 못하는 매력을 느끼게 한다.

어느때부터인가 필자의 숙소에는 여러 형태의 코케시인형이 현관을 비롯한 집안의 구석 구석에 10여 개나 장식품으로 놓여지게 되었고 얼마전에 필자가 내놓은 '또 하나의 일본' 이란 책자의 표지그림도 코케시 사진으로 장식할 정도로 코케시의 팬이 되고 말았다.

코케시의 특징은 원통형의 나무에 소녀 얼굴의 둥근 머리통을 올려 놓았다는 점이다. 그리고 이것은 오직 일본의 동북지방에서만 나오는 지역 특산품이란 공통점이 있다. 하지만 재미있는 것은 동북지방이라고 해도 어느 동네에서 만들었느냐에 따라 그 모양이나 표정이나 재질에 약간씩의 차이가 있다는 점이다. 코케시를 만드는 사람들은 이같은 작은 차이를 대단히 중요시하고 있으며 그 특성을 살리고자 노력한다고 한다.

그만큼 코케시는 보기와는 달리 매우 까다로운 제작과정을 밟아 생산된다. 전체의 형태는 그런대로 기계로 제작하기 때문에 별 어려움이 없다고 해도 여기에 그려 넣는 그림은 반드시 손으로 하게 되어 있고 이것이 상당한 기능을 요한다. 평생을 코케시만 만들고 있는 명인급도 자칫하면 실수를 하기 마련이라고 한다.

그래서 제작기술이 뛰어난 사람은 인간 문화재에 버금가는 영예와 호칭을 부여받기도 한다. 이런 인형이기 때문에 언제부터인가 코케시는 지방의 특산품이면서 일본의 대표적인 인형으로 인정받게 되었다고 한다. 동경 올림픽 때에 일본 체육회가 외국의 참가선수들에게 기념품으로 준 것만 보아도 알 수 있다.

인형은 국가마다 특징이 있다. 인형만큼 그 나라의 문화와 정서를 대변하고 있는 것도 없다고 한다. 서양인형과 동양인형이 다르고 일본인형과 한국인형이 같을 수 없다. 서양은 석회나 금속을 재료로 많이 쓰고 있는 반면 동양은 나무나 천을 많이 사용한다. 같은 동양이라도 한국은 원앙새 같은 동물인형이 많은데 비하여 일본은 키모노 차림의 여성과 같은 인간인형이 많은 것 같다. 이렇게 인형은 나라마다 특징을 가지고 있다.

이렇게 보면 인형은 그 나라나 그 지방의 문화소산이라고 말할 수 있다. 그렇다면 동북지방에서 생산되는 코케시는 동북지방의 어떤 문화를 대변하고 있는 것일까. 동북지방의 무엇이 코케시를 탄생시키는 원동력이 되었을까.

우리나라와 같이 작은 나라에서도 지방마다 인심이 다르고 언어가 다르며 생활양식이나 사고방식이 조금씩 다르다. 이것을 흔히 지방색이라고 부르는데 이 점에서는 일본도 마찬가지이다.

도쿄나 오사카에 사는 사람들에게 동북사람의 인심과 특성을 물으면 대개 두 가지로 갈린다. 한 가지는 사람들이 촌스럽고 노랭이라는 식의 비난이고 다른 한 가지는 검소하고 인정이 넘친다는 칭찬이다. 신기한 것은 이 지역에 살고 있는 일본인이 아닌 우리 동포들에 대한 평가도 마찬가지라는 점이다.

그러고 보면 코케시처럼 동북의 인심을 그대로 반영하고 있는 것도 없지 않은가 싶다. 코케시를 가만히 들여다보면 이처럼 촌스럽고 검소하고 인정이 넘치는 인형이 없기 때문이다. 인형을 통하여 그 지방의 인심과 문화를 짐작할 수 있다니 참으로 재미있는 일이다.

필자가 일본의 동북지방을 좋아하는 이유는 이 지방 사람들의 약간은 촌스럽고 검소하며 인정이 많은 점 때문이다. 필자가 코케시인형을 좋아하는 이유가 그러하듯이 말이다.

일본의 동북지방에는 코케시 말고도 필자가 좋아하는 것이 또 하나 있다. '센다이단스' 라는 것이 그것이다. 우리의 고가구인 장롱에 해당하는 이 센다이단스는 일본 동북지방의 특산품이다.

우리의 조상이 안방에 놓아두고 애용하던 장롱은 원래 두터운 목재로 만든 궤짝 같은 것이었다. 표면에 여러 문양의 금속판을 붙여 멋을 낸 투박한 전통가구가 그것이다. 집문서나 패물을 소중히 넣어두기도 하고 이불을 개어 올려놓기도 하는 이 가구에는 젓가락으로도 쉽게 열 수 있는 금속 자물통이 붙어 있는 것이 특징이다.

그런데 이 센다이단스라고 하는 것이 우리의 이 장롱과 그렇게 같을 수가 없다. 일본인의 가구제작 솜씨는 세계 제일이라는 평가를 받고 있는 만큼 이 센다이단스도 우리 것과는 비교가 되지 않을 정도로 정교하게 잘 만들고 있지만 기본적인 형태나 용도를 보면 우리의 것과 조금도 다를 바가 없다. 특히 가구 표면에 붙이는 금속판의 문양도 우리의 것 그대로이다. 이 가구를 처음 보았을 때 필자는 50년 전의 고향집 안방이 머리에 떠올랐을 정도이다. 그만큼 정감이 가는 대상이다.

우리나라에서는 지금 인사동 골목에서나 겨우 찾아볼 수 있을 정도로 이미 사라져버린 우리의 전통가구가 지금 일본에서 센다이단스라는 이름으로 인기높은 고급가구가 되어 있다니 놀라운 일이다.

이 센다이단스의 연원은 알 수 없지만 임진왜란시의 전리품이 원류일 것이라는 생각을 지울 수 없다. 이런 생각을 언제인가 이 지방 언론사 간부에게 토로했더니 관련기사가 크게 게재된 일이 있다. 일본사람들은 문화에 관한한 한국에 대하여 이상할 정도로 컴플렉스가 있다. 일본문화의 원류가 한국이라는 사실을 알기 때문이다. 자기들이 자랑하는 센다이단스가 한국에서 왔을지 모른다는 필자의 주장을 그냥 들어 넘길 수만은 없었던 모양이다.

그것이 사실이라고 가정하더라도 남의 것을 자기 것으로 만들어 부가가치를 높이는 일본인의 재능만은 과소평가해서 안된다는 생각이다. 또 한 가지는 우리의 전통가구가 이 지역의 특산품으로 재탄생한 것은 그만큼 이 지역의 정서가 우리에게 접근되어 있다는 증거로 보아야 한다는 생각이다. 코케시인형에 대한 필자의 호감은 그런 점에서 무시못할 이유가 있다는 생각을 지울 수 없다.

유목민족과 농경민족의 차이

25년 전 도쿄에서 근무할 때부터 알고 지내던 일본인 친구의 명함을 우연한 기회에 발견했다. 하도 오래된 일이어서 그동안 이사했거나 전화번호가 바뀌었을 것 같아 연락을 단념하고 있던 중, 그래도 한번 전화해 보라는 집사람의 권유로 명함에 적힌 대로 장난삼아 걸어보았다.

전화에 나온 사람은 바로 그 일본인 친구였다. 전화를 받은 그 친구보다 전화를 건 필자가 더 깜짝 놀라는 해프닝이 있었다. 오랜 세월이 지났음에도 불구하고 그 친구의 집도, 전화번호도, 사람을 반갑게 대하는 마음씨도 변함없이 그대로 남아 있었다.

주소와 전화번호가 자주 바뀌는 우리 현실에 비교하면 정말 경이로운 일이다. 우리 한국 사람들의 주소나 전화번호가 자주 바뀌는 것은 행정구역의 변경이나 전화국 사정 때문이기도 하지만 근본적으로는 사람들의 빈번한 이사 때문이다.

한국인이 이사를 많이 하기 시작한 것은 주거환경이 단독주택에서 아파트로 바뀌고 아파트가 주거 개념에서 재테크수단으로 바뀌면서부터이다. 아파트붐이 한창일 때는 모든 도시인이 주소 바꾸기에 여념이 없었다 해도 과언이 아니다. 주소를 바꿀 때마다 몇천 만원씩 재산이 불어나던 시절도 있었다. 그래서 주소의 빈번한 이동은 하나의 유행이며 재산 불리기 작전이기도 했다. 내 친구 한 사람은 1년에 세 번이나 이사 다닌 기록을 가지고 있다.

아파트 생활이 정착된 지금에도 이사붐은 여전하다. 부유층은 아파트에서 빌라로, 빌라에서 호화 고층아파트로 이사다니고 있다. 서울에서 분당 같은 신도시로 이사하여 한몫 잡은 사람들은 다시 수지나 용인 쪽을 넘보고 있으며 요즘에는 전원주택에 관심이 집중되고 있다고 한다. 요즘 자연 훼손으로 우리의 전 국토가 몸살을 앓고 있는 것도 어떤 면에서 이 이사붐 때문이라고 할 수 있다.

우리 국민은 왜 이렇게 집에 집착하는 것일까. 우리의 이사붐은 어디에서 연유하는 것일까. 일본 사람은 25년이 넘도록 한집에서 살고 있는데 우리는 2-3년이 멀다하고 이사다니는 이유가 무엇일까. 앞에서 재산불리기 작전이라는 말을 했지만 단순한 경제적 이유만으로 그럴 수 있을까. 단순한 경제적 이유라면 돈벌이에 능한 일본인은 우리보다 더 자주 이사다녀야 마땅하다.

요즘 서울 근교의 북한산이나 청계산은 평일이고 주말이고 등산객으로 대만원이다. 남산 약수터에는 날이 새기 전부터 사람들이 줄을 선다. 도시의 유원지나 백화점에 가면 사람에 취할 지경이다. 추석이면 고속도로가 주차장으로 변할 정도로 민족의 대이동이 시작된다.

세계 어디를 가도 이른 새벽부터 밖으로 나다니는 민족은 우리 말고는 없다. 한국 사람은 눈뜨기가 무섭게 밖으로 나가서 무엇인가 해야 직성이 풀리는 민족이다. 한곳에 지긋이 가만 있지를 못하는 체질이다. 좋게는 그만큼 부지런하고 나쁘게는 극성이 지나치다. 한국 사람이 이사하기 좋아하는 것도 한자리에 지긋이 앉아 있지 못하는 기질과 관계가 있다고 보아야 한다.

문제는 한자리에서 지긋이 살지 못하고 집을 자꾸 바꾸기만 하니 생활에 안정성이 없다는 것이다. 모두가 그러니 사회 전체가 안정감이 없다는 것이다. 이사하는 데 따라 이웃이 바뀌니 진정한 이웃이라는 것도 없으며 공동체의식이 있을 리 없다. 이웃과의 공동체 의식이 없는 사회에서는 친절이나 예절 같은 것은 아무 의미도 없다. 거기에는 나 혼자 잘 먹고 잘 살면 그만이라는 이기주의만이 팽배할 수밖에 없다.

화제를 일본으로 돌려보자. 일본 사람은 우리 못지않게 부지런하지만 특별한 일이 아니고는 이른 새벽부터 나돌아 다니는 법이 없다. 수돗물을 정화 없이 마시는 일본에서는 새벽부터 약수터 나들이가 필요 없기 때문인지 모른다. 좋은 산은 많지만 주말에도 등산하는 사람은 극히 제한되어 있다. 새벽의 주택가에서는 개를 끌고 산보나온 노인들과 마주치는 것이 고작이다.

일본 사람들은 목적없이 괜히 밖으로 나도는 체질이 아니다. 그래서인지 러시아워를 제외하면 도심의 거리에도 사람과 차량의 통행이 많지 않다. 일본에서는 아이들이 학교가 끝나자마자 학원으로 가야 하기 때문에 길거리에서 아이들 뛰노는 모습을 볼 수 없다. 백화점이나 유원지나 식당 같은 곳에도 아이들을 발견하기가 쉽지 않다. 우리보다 인구가 3배나 많은 나라이지만 야구장이 아니면 어디에서도 인파에 파묻히는 일은 없다. 일본인의 차도(茶道)는 그들이 얼마나 침착하고 조용한 민족인가를 잘 보여주고 있다.

이들도 아파트의 편리함을 알지만 국민의 절대다수는 아직도 단독주택을 선호하고 있다. 신도시가 개발되어도 단독주택이 들어서지 아파트가 아니다. 오랫동안 길들여진 생활양식을 쉽게 바꾸지 못하기 때문이다. 그러니 집을 수시로 바꾸고 이사한다는 것은 일본인에게는 불가능한 일이다. 이사는 일생에 한번이면 족하다고 말하는 사람도 많다.

한번 자리잡으면 평생을 눌러 살다가 대를 물리는 것이 일본인이다. 돈이 생기면 집부터 크게 늘릴 생각이나 하는 우리와는 다르다. 지금도 일본의 주택가에는 50년 전 서울의 후암동이나 상도동에서 볼 수 있었던 1층짜리 가옥이 얼마든지 서 있다. 흙벽에 검정색 판자를 붙이고 뜰 안이 훤히 들여다보이는 서민주택이다. 이런 주택에 사는 일본인의 1인당 소득이 3만불이라니 실감이 나지 않는다.

우리처럼 이사를 자주하면 생활에 안정감이 없지만 일본 사람들은 한번 자리잡으면 평생을 눌러 살기 때문에 생활에 안정감이 있다. 한곳에 오래 살기 위하여는 이웃과의 화목이 중요하다. 그러니까 남에게 폐를 끼치는 일을 해서는 안된다. 언제나 이웃과 남을 의식하면서 질서와 예절을 실천해야 한다. 일본사람이 남에게 폐끼치는 일을 가장 금기시하고 남에게 친절하고 예절바른 것이 우연히 된 일이 아님을 알 수 있다. 이런 것은 우리의 농촌 생활과 도시 생활을 비교해 보면 쉽게 이해할 수 있다.

외모면에서는 완벽할 정도로 우리와 닮은 일본인이 생활방식만은 이렇게 다르니 신기할 정도이다. 언젠가 이 점에 대해서 필자가 일본인 학자에게 질문하였더니 엉뚱한 대답이 돌아왔다.

"유목민족과 농경민족의 차이이다."

한민족이 몽고계임을 의식하고 하는 말인 것 같은데 우리를 여기저기 떠돌아다니는 유목민의 후예쯤으로 이해하고 있는 것은 아무래도 수긍할 수 없었다. 하지만 민족의 기질의 차이라는 논리에는 일리가 있다. 무엇보다도 일본인이 농경민족이어서 한군데 정착하면 움직이지 못한다는 말은 설득력도 있다.

머지 않아 귀국하면 필자도 어딘가에 확실히 자리를 잡아야 한다. 하지만 17년간 소유하고 있는 현재의 아파트를 떠나고 싶은 마음은 없다. 그러고 보면 필자의 조상은 유목민족이 아닌 농경민족일 것이라는 생각이 든다. 무엇보다 확실한 것은 필자가 농가의 후예라는 점이다.

오야마 사장은 한국인

4월 19일 일본 동북지방의 중심도시 센다이의 한 호텔에서 이색적인 행사가 벌어지고 있었다. 이름하여 '지역 활성화 공헌기업 대상수상 기념파티' 이다.

일본 국토청은 매년 한 번씩 지역 활성화에 공이 있는 기업체를 선정하여 표창하고 있다. 지역경제의 활성화를 촉진하고 기업과 지방자치단체와의 협력관계를 유도하기 위해서이다.

작년에는 동북지방의 대표적인 기업체라고 말할 수 있는 '아이리스 오야마' 가 전국 1위를 차지함으로써 대상을 받았는데 오늘의 행사는 이를 기념하기 위한 일종의 자축연인 셈이다. 구태여 이 회사의 이름을 명기하는 이유가 있다.

필자는 동북대학의 객원 연구원에 지나지 않지만 얼마전까지 주 센다이 총영사를 역임하였고 '아이리스 오야마' 의 사장과는 개인적으로 각별한 관계여서 이 자리에 특별 초대될 수 있었다. 이 파티에는 현지사, 시장, 상공회장 등 이 지역을 대표하는 유지 100여 명이 참석하여 상당한 무게를 실어주고 있었다.

이 자리에서 현지사는 인사말을 통하여

"이 지역의 활성화에 공로가 큰 오야마 사장께 축하하기 앞서 지역을 대표하여 먼저 감사드린다"고 머리 숙인 후 이런 말로 끝을 맺었다.

"아이리스 오야마의 발전은 곧 이 지역의 발전을 의미한다. 앞으로 자치단체와 지역산업이 긴밀하게 협력해 나가는 계기가 되기 바란다"

지역의 활성화는 기업보다는 자치단체의 몫이다. 이 역할을 지역의 기업체가 대신하여 주었으니 지사로서는 고맙지 않을 수 없다.

이어서 등단한 동북대학의 전 총장이며 노벨 과학상 후보자로 여러 번 거론된 바 있는 니시자와 쥰이치(西澤潤一)교수가 한 마디 했다.

"오야마 사장을 대할 때마다 나는 일본의 대학교육이 과연 필요한 것인가를 반성하곤 한다."

언뜻 이해하기 어려운 이 말은 기업가로 대성한 오야마 켄타로(大山健太郎) 사장이 사실은 대학 문턱도 밟아보지 못한 사람인 것을 빗대어 하는 말이다. 현대 일본을 대표하는 지성인 중의 한 사람인 니시자와 교수는 이 고등학교 출신의 젊은 기업가와 매우 친한 사이이다.

오야마 사장은 단순한 기업가가 아니다. 비록 공업 고등학교를 나온 것이 그의 학력의 전부이지만 그는 요즘 여러 대학에서 강의를 제의받기도 하며 때로는 현청의 공무원을 상대로 경제를 특강하기도 한다. 자택에서 클래식을 즐기는 오디오광이며 회사에서는 시립 교향악단을 초청하여 직원과 가족에게 감상시키기도 한다.

아이리스 오야마라는 회사는 원래 오야마 사장의 선대가 오사카에서 플라스틱용품을 제조해 오던 조그마한 공장이었는데 지금의 사장대에 와서 센다이로 공장을 옮기고 끊임없는 아이디어와 독특한 경영기법으로 단기간에 동북 최대기업으로 급성장한 회사이다. 국제경제에 남다른 재능을 발휘하여 현재는 미국, 중국, 화란 등지에도 공장을 세워 경영의 글로벌화에 앞장서고 있다.

직원 선발에 있어 지역 출신자를 최우선하는 원칙을 세우고 있어 이 지역 고등학교와 대학출신자가 가장 선호하는 기업이기도 하다. 막대한 세금과 고용창출로 지역경제에 기여할 뿐 아니라 자치단체를 도와 이 지역의 학술, 문화, 예술, 스포츠의 육성에도 크게 기여한 공로를 이번에 정부가 표창하게 된 것이다.

우리를 놀라게 하는 사실은 오야마 사장이 한국인이라는 것이다. 기업운영상 한국인임을 내세우지는 않지만 알 만한 사람은 다 아는 엄연한 한국교포 2세이다. 우리말이 매우 서툴기는 하지만 민족의식은 어느 누구도 따라갈 수 없을 정도로 강한 한국인이다. 일본인 부인을 한

오야마 아이리스 본사 현관에서(왼쪽 끝이 오야마 사장)

국으로 귀화시켰고 그의 자녀들도 모두 한국적이라면 알 만하지 않은
가.

요즘 그를 잘 알고 있는 한국인끼리 하는 말이 있다.

"관동에 '야후'의 손정의가 있다면 동북에 아이리스 오야마의 조용
세(오야마의 한국명)가 있다."

이날의 행사가 진행되는 동안 필자는 우리나라의 지방에 자리잡고
있는 공장과 기업들이 과연 그 지역의 활성화에 어떤 역할을 하고 있
을까 생각하지 않을 수 없었다.

우리의 기업은 지방에 공장을 세우면서 그 지방 발전에 큰 은혜라도
베푸는 것처럼 착각하는 경향이 있다. 환경파괴, 공해, 교통체증, 지역
공동체의식 파괴 등 보이지 않는 심각한 문제들은 염두에도 없다.

오늘 아침 아사히 신문을 보니 후쿠시마현에 원자력시설을 가지고
있는 '동경전력'이 이번에 이 지역 청소년을 위한 과학관을 세우라며
30억엔(300억원)을 기부했다는 기사가 실려 있었다. 원자력시설을 받
아들인 지역 주민에 대한 시행청의 보상이 끊임없이 이어지고 있는 것
이다.

기업은 지역을 위하여, 지역은 기업을 위하여 상호 협력함으로써 지
역과 기업이 함께 발전해야 한다는 간단한 상식이 우리의 지역에서도
통용되는 날이 하루속히 오기를 기대한다.

군사대국화를 부추기는 북한

2차대전에서 패망한 역사를 가지고 있는 일본은 전쟁에 관련된 것이면 용어 하나에도 민감한 반응을 보인다. 작년에 일본에서 출간된 소설 '선전포고'가 서점가에 나오자마자 날개 돋친 듯이 팔리며 화제가 되었던 이유는 이 책의 내용도 내용이지만 요란한 제목 때문이었다고 한다.

일본의 원자력 발전소가 모여 있는 쓰루가 해안에 어느날 북한 정찰국소속의 잠수함 한 척이 좌초되어 여기에 타고 있던 특공대원이 상륙하는 장면에서부터 시작되는 이 소설은 일본과 북한간에 언제라도 전쟁이 일어날 수 있음을 강하게 시사하고 있다.

지난 3월 중순 일본 서해안에 침투했던 국적불명의 괴선박 2척이 일본 해상자위대 순시선에 쫓겨 북한 영해로 달아난 사건이 있었다. 이 사건은 일본인들에게 '선전포고'라는 소설이 현실화한 것 같은 착각을 일으키게 하고도 남음이 있었다. 이 북한의 괴선박 사건은 일본 조야에 그만큼 큰 충격을 준 사건이었다.

더구나 이 사건은 작년도 8월 북한의 미사일 시험 발사가 있은 지 불과 반년만에 일어난 일이다. 북한은 군사용 미사일이 아니라 인공위성을 발사한 것이라고 주장했지만 일본인은 지금까지도 북한제 미사일이 일본대륙의 상공을 지나 태평양상에 낙하했다고 믿고 있다. 북한을 국가 안보의 가장 위협적인 존재로 인식하고 있는 일본으로서는 북한이 중거리 미사일을 실험해도 민감한 반응을 보여왔다. 그런데 이번에는 북한제 미사일이 자기 나라의 상공을 통과했다니 얼마나 일본인들을 긴장시켰겠는가는 짐작하고도 남음이 있다.

이 두 개의 사건이 있은 후 북한에 대한 일본의 여론은 그야말로 최악상태이다. 일본의 안보체제가 이대로는 안되겠다는 우국론이 힘차게 고개를 들고 있다. 영해를 침범한 괴선박에 포격 한번 못한 채 도주를 방관할 수밖에 없는 일본의 안보체제는 하루속히 뜯어 고쳐야 한다는 자성의 소리가 요란하다.

우리는 이같은 북한의 군사적 도발행위에 심각한 우려를 금할 수 없다. 북한의 군사적 모험주의가 일본의 군사력 증강을 부추기고 군사대국화의 명분을 줄 수도 있기 때문이다.

일본은 GDP 약 5조불의 초경제대국이다. 이 액수는 전세계 GDP총액의 17%정도이다. 이밖에도 대외재산을 약 3조불이나 보유하고 있다. 우리의 GDP가 약 2,700억불 정도인 것을 생각하면 참으로 엄청난 액수이다. 우리 증권시장에 상장된 주식의 시가 총액이 약 200조원 정도인데 이는 일본의 NTT(일본전신전화국)이 보유하고 있는 주식총액과 거의 맞먹는 액수이다.

일본의 유명작가 이시하라 신타로는 '노라고 말할 수 있는 일본' 이란 책을 통하여 일본은 이미 아시아의 1개국가가 아니라고 주장하면서 만일 일본이 반도체 기술을 미국이 아닌 러시아에 팔면 세계의 군사력

균형이 아루 아침에 깨질 수 있다고 지적했다. 미국이 자랑하는 정찰위성이나 스텔스와 같은 군사장비의 핵심 부품은 거의가 일본제라는 게 상식이다.

일본은 21세기를 앞두고 아시아는 물론 전 세계에 영향력을 행사할 수 있는 '강한 일본'을 지향하고 있다. 일본은 경제적으로나 기술적으로 그만한 능력을 이미 보유하고 있다. 하지만 미국과 달리 군사력이라는 힘의 뒷받침을 받지 못하고 있다. 힘은 있어도 이를 행사할 수 없는 일본 특유의 안보체제 때문이다.

그렇다고는 해도 일본의 안보에 중대한 영향을 줄 수 있는 심각한 사태가 오거나 국민의 콘센서스가 형성될 경우에는 국면전환도 가능한 나라가 일본이다. 일본이 안보체제를 바꾼다면 단기간에 세계 최강의 군사대국으로 탈바꿈하리라는 것은 자명한 일이다.

일본은 5,60년대에는 북한에 대하여 매우 관용적이었다. 당시는 북한이 일본의 안보상 위협요소가 아니었으며 조총련을 통한 북한의 선전이 북한 실상에 어두운 일본인 사회에 먹혀들었기 때문이다. 그 배경에는 사회주의에 대한 일본의 환상도 한몫했다. 반면에 한국에 대하여는 이대통령의 반일정책과 박대통령의 철권정책이라는 어두운 면만 부각되어 있어 6. 25 전쟁의 한국 북침설이 먹혀들 정도로 비판적이었다.

이것이 7,80년대에 들어오면 완전히 역전된다. 북한의 무역대금 불이행, 김일성 개인숭배, KAL기 폭파 등 국제 테러사건 등으로 북한에 대한 회의와 비판여론이 높아진다. 이에 반하여 아시아 대회와 88올림픽의 성공으로 국제적 지위가 향상된 한국과는 우호친선관계로 전환된다.

90년대에 들어오면 소련권의 붕괴와 북한의 극심한 경제란이 노출되면서 북한은 머지않아 멸망할 나라라는 인식 속에 멸시의 대상으로 전락한다. 그러나 미사일 실험과 괴선박사건이 연이어 터지자 최근에는 북한은 이제 단순한 멸시의 대상이 아닌 경계와 위협의 대상으로 변하고 만다.

일본은 지금 북한에 대하여 상당한 제재와 외교적 조치를 희망하고 있다. 또한 이 기회에 일본도 군사적 공격은 아니더라도 적극적 방위는 가능할 정도의 안보체제로 전환해야 한다는 여론이 힘을 얻고 있다. 이제 일본에 있어 북한문제는 외교문제가 아닌 안보문제화한 느낌마저 든다.

일본에 있어 북한은 지구상의 유일한 미 수교국으로 이 문제를 해결하지 않고는 전후처리의 종결도 없다. 일본이 아시아와 전 세계에 영향력을 행사하는 나라가 되기 위하여는 먼저 북한과의 관계 정상화가 필수적이다. 그래서 지금까지 일본의 역대 정권은 북한과의 협상을 꾸준히 시도해 온 것이 사실이다.

그러나 북한문제는 일본이 독자적으로 처리할 수 있는 문제가 아니다. 북한문제는 아시아의 안보문제이며 미국의 대아시아정책과도 맞물려 있는 문제이다. 무엇보다도 북한문제는 한국의 통일정책과 직결된 민감한 사안이다. 일, 북한간의 협상은 그래서 항상 어렵다.

누군가가 지적했지만 한반도가 한국에 의하여 통일되어 미군이 압록강변에 주둔한다면 이것은 중국에 있어 악몽이듯이 마찬가지로 한반도의 공산화는 일본에게 최대의 악몽일 수밖에 없다. 그래서 오늘날까지 북한문제는 일본이 단독으로 처리하지 못하고 언제나 미국과 한국과 공조체제를 유지할 수밖에 없었다.

일본이 안보체제를 바꾸어 군사 대국화하는 데에는 많은 장애요소가 있다. 국제 여론이 그렇고 무엇보다도 국민의 여론이 아직은 미온적이다. 하지만 북한의 위협적인 도발이 있을 때마다 그리고 중국과의 영토분쟁이 표면화할 때마다 일본 정부의 대응자세를 보면 상황이 변하고 있음을 실감하게 된다. 일본은 모든 조건을 갖추고 때를 기다리고 있는지도 모른다.

일본의 군사 대국화가 우리 한반도에 몰고 올 임팩트는 상상을 초월한다. 우리의 국방정책과 대북정책은 물론 대미, 대중, 대러시아 외교정책도 전면적으로 재검토해야 할 것이다. 21세기 국가사회 비전도 원점에서 다시 세워나가야 할지 모른다.

그런 의미에서도 북한의 일본에 대한 군사적 모험주의가 일본의 군사 대국화를 부추기는 일이 없도록 경계해야 한다. 필요하다면 일본과 북한관계를 정상화하도록 간접적인 지원을 해야 한다. 북한에 대한 포용정책을 지속적으로 추진하는 가운데 북한의 개방과 민주화를 유도하는 것도 일본의 군사 대국화를 막는 길이 될 수 있다.

3. 먼 나라

24시간 불이 꺼지지 않는 대학연구실

주 센다이 총영사직을 사임하고 쉬고 있는 중에 평소 친분이 있는 일본 동북대학의 아베(阿部四郎)교수로부터 객원 연구원으로 오지 않겠느냐는 연락을 받았다. 37년간의 공직생활을 마치고 난 직후라 푹 쉬고 싶은 마음도 없지 않아 망설이다가 그동안 멀리 했던 책이나 읽어볼 욕심으로 일본행을 결심했다.

"그 나이에 무슨 공부냐"는 친구들의 만류를 뿌리치고 일본에 건너온 것이 어제 같은데 벌써 1주일이 지났다. 동경대학, 경도대학과 함께 3대 제국대학으로 명성을 날리던 동북대학은 개교 100년의 역사 속에서 수많은 인재를 배출하여 일본의 선진화에 큰 역할을 해온 대학이다. 이공계가 중심인 이 대학은 지금도 일본이 자랑하는 첨단기술의 산실이다.

필자는 이 대학 대학원의 객원 연구원 신분이지만 연구실과 숙소까지 제공하는 등 교수대우였다. 필자의 연구실은 이 학교의 역사만큼이나 오래된 허름한 3층 건물의 1층에 자리잡고 있다. 대학의 명성에 비하여 시설이 너무나 낡아 밖에서 보면 벽돌공장 같은 인상이다. 불과 3

평 남짓한 연구실은 출입문과 창문을 제외하고는 사방벽이 전문서적으로 가득 차 있다. 책 이외에는 컴퓨터와 전화기 그리고 커피를 끓여 먹을 수 있는 도구가 전부이다. 텔레비전은 어느 연구실에서도 찾아 볼 수 없다. 연구에 도움이 되지 않기 때문이다.

이곳에 도착하고 이틀째인가 사흘째인가 밤늦게까지 책을 읽고 나오다 보니 모든 연구실에 불이 대낮 같이 켜져 있었다. 알고보니 이 대학원은 24시간 개방체제여서 모든 연구실의 불이 1년 내내 꺼지는 법이 없다고 한다. 등교 시간과 귀가 시간이 따로 없고 일요일, 휴일이라고 해서 학교가 문을 닫는 법도 없다. 그러니 방학이란 것도 따로 없다.

학과마다 사정은 다르지만 보통 연구실 하나에 박사과정 학생 3-4명이 책상을 마주보며 앉아 있고, 석사과정 학생은 별도로 마련된 강의실 크기의 큰 방 하나에 책상 하나씩을 차지하고 있다. 그러니까 대학원생은 일단 학교에 오면 강의가 있든없든 각자가 자기 책상에 앉아 공부를 하게 되어 있다.

일본의 대학교수는 교수와 조교수가 있을 뿐 부교수라는 단계가 없다. 교수의 권위는 말 그대로 절대적이어서 학생의 입학에서부터 학위 수여에 이르기까지 모든 것이 이 사람에 의하여 결정된다. 연구실도 교수만은 독방을 차지하고 있다. 이에 비하여 조교수의 경우는 학교의 사정에 따라서 박사과정의 학생들과 같은 방을 사용하기도 한다. 보통 교수 1명이 대학원생 3명 내지 5명만을 지도하고 있으며 항상 얼굴을 맞대고 있기 때문에 학생은 학습태도에서부터 사생활에 이르기까지 교수에게 완전 노출되어 있으며 이 점에서는 교수도 마찬가지여서 학생 지도에 소홀할 수 없는 체제이다.

가장 인상적인 것은 교수들의 연구자세이다. 좁은 연구실에서 하루종일 책을 읽거나 학생지도에 전념하고 있다. 손수 커피를 끓여 마시면서 학생들과 대화를 나누는 것이 머리를 식히는 유일한 방법이 아닌가 싶다. 한여름에는 교수가 반바지에 남방 차림으로 강의를 할 정도로 자유분방한 분위기이지만 학생지도만은 엄격하기로 유명한 것이 일본의 대학이다.

강의가 없다고 해서 일찍 퇴근하는 법도 없고 공무 아닌 이유로 자리를 비우는 법도 없다. 경우에 따라서는 학생과 함께 밤을 세우며 실험에 몰두하기도 한다. 어느 교수에게 골프 치냐고 물었다가 "그런 시간이 어디 있는가"라는 반문에 민망해서 혼난 일이 있다. 아베교수에 의하면 이 대학의 교수로서 골프 치는 사람은 한두 명에 불과할 것이라는 대답이었다. 그것도 미국 유학시에 배운 것으로 지금은 손을 놓았을 것이라고 했다. 교수전용 주차장을 돌아보니 한결같이 중소형의 고물차들이다. 천하가 알아주는 교수들의 승용차가 너무나 검소하다는 느낌이다.

대학교 정문 앞에 으레 있기 마련인 술집이나 카페 같은 유흥시설도 없고 당구장이나 다방 같은 것도 없다. 고성방가하며 몰려다니는 학생들의 모습은 눈을 씻고 보아도 보이지 않는다. 밤이 되면 환락가로 변하는 우리의 대학가에 비하여 이 대학의 주변은 적막하기 이를 데 없다. 이 학교는 누가 와도 공부하지 않고는 견딜 수 없는 독특한 분위기가 있다. 이 학교에 와서 느낀 첫 소감은 교수나 학생들 모두가 지독한 공부벌레라는 것이었다.

중국의 유명한 학자 노신(魯迅)이 한때 이 대학에서 의학과 문학을 공부했던 인연으로 최근 일본을 공식 방문한 강택민 수상이 바쁜 일정 속에서도 이 대학을 다녀갔는가 하면 70년 전에는 아인슈타인이 특별

강연차 다녀간 기록도 있다. 인류의 정보화 사회에 결정적 역할을 한
광통신이 이 학교의 한 연구실에서 개발되어 노벨 과학상 후보에 오른
일도 있다.

동북대학 대학원 정보과학 연구실 건물
(100년 가까운 낡은 건물과 교수들의 낡은 중고차가 잘 어울린다)

이 학교에 현재 우리 유학생이 약 300명 정도 와 있다. 매년 30여 명
이 박사학위를 받고 돌아간다. 학위수여에 짜기로 유명한 일본 국립대
학이 이렇게 많은 한국 유학생에게 학위를 수여하고 있는 것은 우리 유
학생이 우수한 때문이기도 하지만 이 학교의 학업 분위기와 깊은 관계
가 있다.

이같은 우수한 대학이 동경이 아닌 지방도시에 위치하고 있다는 사
실은 우리에게 많은 것을 시사하고 있다. 지방에 이렇게 훌륭한 대학이
있으니 지방의 우수한 인재들이 구태여 동경에 갈 필요가 없다. 지방의

인재들이 자기 고장에서 공부하고 졸업 후에는 지방의 행정, 기업, 언론, 의료분야 등에서 지도자로 활동하게 됨으로써 지방에 인재가 넘쳐 흐른다.

자치단체의 요청이 있을 때는 학교가 지방의 발전 전략을 제시하기도 하며 지역의 산업체와 협력하여 신상품 개발에 나서기도 한다. 반듯한 산업기반이 없는 센다이가 동북지방의 중심지로 우뚝 설 수 있었던 것은 여기에 동북대학이 있었기 때문임을 부인하는 사람은 아무도 없다. 바로 여기에 지역발전의 키워드(Key word) 하나가 숨어 있었다.

필자가 부임한 것을 환영하는 모임이 있다고 해서 나가보니 교수와 학생이 모여 '한일비교학술 세미나' 를 열고 있었다. 한 대학원생의 주제발표가 끝나자 필자에게 논평을 해달라는 주문이 들어왔다. 필자에 대한 일종의 실력 테스트였다. 이윽고 세미나가 끝나자 간단한 다과회가 시작되었다. 별난 환영회도 다 있다 싶었지만 매사가 이런 식이다. 그러니 필자가 이 학교의 지적 분위기에 적응하는데는 상당한 시간이 걸릴 것 같다.

문득 창밖을 내다보니 캠퍼스에 벚꽃이 만발하고 그 아래 잔디밭에 학생들이 삼삼오오 모여앉아 책을 읽거나 담소하는 모습이 눈에 들어온다. 참으로 오랜만에 대하는 아름다운 풍경이다. '아, 오길 잘 했구나" 하는 말이 자신도 모르는 사이에 튀어나왔다.

정치9단이 판치는 일본정치

일본 중의원 의원 중에 하라 켄사부로(原健三郞)라는 사람이 있다. 20 회 당선을 자랑하는 하라의원은 금년에 만 92세가 되는 노인이다. 일본 이 아무리 세계 최고의 장수국이라고는 하지만 90 넘은 현역은 어느 분 야에도 흔치 않은 일이다. 더구나 국정에 바쁜 현역 정치인으로서 92 세란 아무리 생각해도 너무하다는 느낌이다.

2차대전 패망직후인 46년도에 국회에 첫발을 들여놓은 이후 한번도 낙선을 하지 않았다니 무려 54년간을 의원으로 재적하고 있는 셈이다. 실로 일본 정치의 산 역사라 하지 않을 수 없다. 그는 중의원 500명 가 운데 연령과 당선횟수 그리고 근속연수에 있어 3관왕을 기록하고 있 다.

하라의원 이외에도 우리의 귀에 익은 나카소네(中曾根)전 수상이 82 세로 19회 당선을 기록한 가운데 53년째 의원생활을 하고 있고, 얼마전 작고한 오부치(小淵)전 수상도 나이는 62세였지만 12회 당선에 36년째 근속중이었다. 70세가 넘은 의원이 100여 명이나 되며, 10회 이상 당선 되고 30년 이상 근속하는 의원수가 50여 명이나 된다. 이런 형편이니

5~6선 정도의 50대 의원은 명함 내밀기도 어려운 것이 일본국회이다.

얼마전 우리나라의 16대 총선에서 3선에 성공한 한 당선자가 인터뷰를 하는 장면을 보았더니 자기 자신을 스스로 '3선의 중진'이라고 표현하고 있었다. 일본이라면 이런 말은 못한다.

짧은 일본의 헌정사에 이렇게 다선의원이 많은 이유는 내각책임제 국가로 국회의 해산과 선거가 우리보다 자주 치르어 지고 있기 때문이다. 그렇다고는 해도 한 사람이 동일 선거구에서 10회 이상 계속하여 당선된다는 것은 우리처럼 정권이 자주 바뀌고 유권자의 인심이 조석으로 변하는 정치풍토에서는 경이로운 현상이라고 밖에 볼 수 없다.

우리나라에는 다선의 원로정치인들을 정치9단이라고 부른다. 그래봐야 10선 이내인 것을 감안하면 일본국회는 정치9단이 아니라 10단들이 득시글거리는 곳이라고 볼 수 있다. 일본의 국회의원이 거의 평생이라 말할 정도로 오랜 세월을 정치인으로 일관할 수 있는 이유는 무엇일까. 그것은 한번 당선되면 본인이 사망하거나 특별한 과오가 없는 한 재선, 3선이 용이한 선거풍토 때문이다.

그렇다면 일본 국회의원의 재선, 3선이 용이한 이유는 무엇일까. 한마디로 선거에 있어 우리와 다른 공천제도 때문이다. 일본에서도 국회의원에 당선되기 위해서는 우리처럼 먼저 유력정당의 공천을 받는 것이 절대 유리하다. 그런데 이 공천제도라는 것이 일본에서는 철저한 하의상달식이라는 것이다.

다시 말하면 지구당조직의 의사와 지역여론을 최우선하여 공천을 한다는 것이다. 중앙당은 지역에서 추천한 인물을 그대로 승인할 뿐이다. 그래서 일본에서는 공천이라는 말 대신 공인(公認)이라는 용어를 사용한다.

선거구에 기반을 둔 사람으로서 당선가능성이 확보된 인물을 공천하기 때문에 기득권을 가진 현직의원이 유리할 수밖에 없다. 부정비리사건에 연루되어 지역주민과 지구당의 신뢰를 잃지 않는 한 현직이 공천될 확률이 절대적으로 높다. 혹시 새로운 인물을 내세운다 해도 어디까지나 지구당 수준에서 이루어짐으로 우리처럼 공천을 둘러싼 내부갈등 같은 것은 있을 수 없다.

당총제나 실력자에 의한 '밀실공천'이나 '돈 공천'과 같은 아름답지 못한 용어가 있을 수 없다. 더구나 공무원을 임명하듯이 하는 '내려 먹이기식 공천'이란 상상도 할 수 없는 일이다. 국회의원은 어디까지나 지역의 대변자이며 지역민이 선출해야 한다는 당연한 논리를 중앙당이 무시할 수 없는 것이다.

이런 공천과정을 거쳐 당선되는 국회의원이기 때문에 당선된 이후에는 어느 누구의 눈치를 보지 않고 소신껏 의정활동을 할 수 있는 것이다. 지역주민의 의사와 무관하게 공천받은 사람은 국회에 나가도 지역을 대변하기는커녕 실력자의 눈치만 볼 수밖에 없는 것이다.

일본의 선거에서는 공천과정이 합리적이고 민주적이기 때문에 이를 둘러싼 불미스러운 잡음도 없으며 공천에 떨어졌다고 해서 당을 박차고 나가 새살림을 차리는 일도 있을 수 없다. 더구나 시민단체의 낙천, 낙선운동이 끼어들 여지도 없다.

국립대학의 총장까지 역임한 사람이 하루아침에 국회의원 선거판에 뛰어드는 일도 있을 수 없으며, 인기 방송앵커맨이 하루아침에 정당의 대변인으로 변신하는 일도 있을 수 없다. 어제까지의 건실한 기업가가, 인기 탤런트가, 투쟁적인 노동운동가가 하루아침에 국회의원이 되겠다고 뛰어다니는 일도 있을 수 없다. 그래서 일본의 국회의원 선거는 언제나 조용한 가운데 축제하듯이 치르어진다.

필자의 친구로 한국에 정통한 아베시로(阿部四郎)교수는 "한국의 비민주적 공천제도가 정치를 파행시키는 요인이 되고 있다. 지역민의 의사를 존중하는 공천이라면 시민단체가 무엇 때문에 나서겠는가"라고 지적한 바 있다.

일본의 선거제도가 이렇기 때문에 일본국회는 정해진 계층의 독무대가 되고 있는 느낌이다. 여기서 정해진 계층이란 첫째 국회의원의 2세나 비서, 정당관계자 그리고 지방자치단체장이나 지방의회 의원을 말한다. 평소 정치로 밥을 먹고 있는 사람들이다.

일본국회에는 2,3세 의원이 유난히 많다. 국회의원직을 자식에게 손쉽게 물려줄 수 있는 일본 특유의 정치풍토 때문이다. 할아버지나 아버지가 총리를 하거나 대신을 한 현역 국회의원이 얼마든지 있다. 얼마 전에 있었던 일본총선거에서 오부치 전 수상의 선거구를 물려받은 그의 둘째딸이 26세의 정치초년생인데도 불구하고 아버지의 뒤를 이어 당선된 것이 그 대표적인 실례이다.

일본에서는 국회의원인 아버지가 자기의 아들이나 딸에게 자기의 선거구와 후원회를 물려주면 그것이 바로 세습인 것이다. 특별한 이유가 없는 한 선거구민은 그 2세를 찍어주게 되어 있기 때문이다. 이 점이 우리와 아주 다른 정치풍토이다. 다음으로 국회의원의 비서, 지방자치체장, 지방의원은 처음부터 국회의원 지망생이니까 말할 필요도 없다.

둘째는 학생 때부터 정치인의 꿈을 키어온 순수한 정치지망생들이다. 일본의 정치에서 괄목할 인물은 이 부류에서 많이 탄생하고 있는데 주로 와세다대학과 케이오대학의 웅변부 출신이 그들이다. 하시모토(橋本) 전 수상에서 모리(森) 현 수상에 이르기까지의 역대 수상이 모두 이들 대학의 웅변부 출신이다.

어디에도 예외는 있듯이 일본의 정치판에도 예외는 있다. 때로는 검찰이나 경찰간부 출신자가 국회의원에 당선되기도 하며 소설가나 교수가 국회에 진출하는 경우도 없지는 않다. 심지어 3류 코미디언이나 프로 레슬러가 비집고 들어오는 수도 있다.

일본의 정치가 신인의 진출을 어렵게 하고 있기 때문에 국회는 자연이 그 얼굴이 그 얼굴인 정치판이 되고 말았다. 그래도 경기가 좋을 때는 이들이 정치를 잘 하기 때문이라고 생각하던 국민이 요즘 불황이 장기화하자 모두가 이들 탓으로 돌리고 있다. 그 얼굴이 그 얼굴인 국회에 염증을 느끼기 시작한 것이다. 새로운 시대에 대응할 수 있는 참신한 인재가 필요하다는 소리가 높아지고 있는 것이다.

이런 분위기를 대변이라도 하듯이 얼마전 집권당 내의 실력자인 카토 코이치(加藤宏一)의원이 모교인 동경대 법학부 후배들에게 특강을 하면서 "정치도 해볼만한 것이다. 여러분 같은 우수한 인재가 정계로 진출해 주었으면 한다."고 호소해 화제가 된 일도 있다.

아무튼 일본국회는 정치를 위하여 태어난 사람들의 무대이다. 정치와 무관한 사람들이 혹시나 하고 기웃거릴 여지가 별로 없는 곳이 일본국회이다. 그래서 일본국회는 시간이 갈수록 정치9단이 늘어가고 더욱 전문화집단으로 가고 있는 것이다. 이것이 일본정치의 장점인 반면 문제점이기도 하다.

하지만 어느 나라의 국회이든지 국회는 정치전문가의 집단이어야 한다. 그런 의미에서 일본국회는 우리에 비하여 전문성이 매우 높은 집단이라고 말할 수 있다. NHK가 생방송하는 일본국회의 광경을 보면 이 집단이 얼마나 전문화되어 있는지 실감하게 된다. 야당의원의 빈틈없고 격조 높은 질의에 상세한 수치까지 들어가며 답변하는 총리나 장관을 보면 일본정치의 수준을 실감하게 된다. 오늘날 일본정치의 안정은 결국 일본국회의 전문성이 낳은 산물일지도 모른다.

공무원은 사무라이 후손

일본의 각부장관은 거의 100퍼센트 국회의원이 맡는다. 내각 책임제 국가이기 때문이다. 그래서 자기 소관업무에 정통하지 못한 장관이 부임하는 경우도 적지 않다. 외무장관이란 사람이 국제회의에 나가 일본어만 사용하는 나라는 일본밖에 없다. 그래서 신임장관이 소속기관의 업무에 정통하려면 실무자로부터 상당기간 교육 아닌 교육을 받을 수밖에 없다.

어느 장관이 부임하자마자 기자 회견을 했는데 자기 부서의 기본정책에 반하는 내용이어서 회견직후 담당과장이 "지금 장관이 한 말은 없었던 것으로 해달라."고 전면 부인했다는 에피소드도 있다.

일본에는 '결정권은 담당 공무원에 있고 장관은 선택권이나 거부권을 가질 뿐이다' 또는 '정치는 공무원이 결정한 방향과 원칙에서만 움직인다'는 말이 있다. 공직사회 특히 공무원의 권위와 역할이 어떤 것인가를 잘 대변하는 말이다.

일본에서는 인허가에서부터 정책 결정에 이르기까지의 모든 행정절차는 담당공무원의 몫이다. 장관은 이를 정책으로 집행하고 뒷받침할 뿐 이를 장관의 마음대로 바꾸거나 취소할 수 없다. 장관이 모든 것을 결정하고 지시하는 우리의 행정 풍토와는 거리가 멀다.

일본의 공무원을 만나보면 모두가 자기 업무에 정통한 전문가라는 사실에 놀란다. 더욱 인상적인 것은 자기 일에 대해 확고한 신념과 소신을 가지고 있다는 점이다. 그만큼 책임감과 자심감이 몸에 배어 있는 것이 일본의 공무원이다. 자기의 소신보다는 장관이 어떻게 생각하고 있느냐에 더 신경을 쓰는 우리 행정 형태와는 거리가 멀다.

이같은 일본 공직사회의 풍토는 인사의 독립과 신분보장 때문에 가능하다. 일본의 장관은 어떤 경우에도 자기 사람을 데려오지 못한다. 물론 기존 공무원을 장관 마음대로 해고하거나 신분상의 불이익을 줄 수도 없다. 공무원의 신분을 법이 보장하기 때문이다. 장관이 백 번 바뀌어도 대규모 인사이동이나 해고와 같은 인사태풍이란 것이 없다. 장관이 바뀔 때마다 자리가 바뀌는 우리의 공직사회와는 거리가 멀다.

모든 정책결정은 철저한 하의상달식이다. 밑에서부터 실무자와 전문가가 충분히 토의하고 협의하여 위로 올라가면 장관은 이를 확인만 하는 것이다. 그렇기 때문에 담당 공무원은 최고의 권위자이며 결정권자이다. 한번 결정된 정책은 장관이 아무리 바뀌어도 바꾸지 못한다. 장관이 바뀌면 지금까지의 모든 정책이 함께 바뀌는 공직사회가 아니다.

일본의 공직사회는 최고 엘리트 집단이다. 대장성, 외무성, 경찰청 등의 과장급 이상 간부는 거의 동경대 법대출신이며 다른 부서도 별다른 차이가 없다. 150년 전 명치유신과 함께 인재등용을 위한 수단으로 동경대를 세웠던 정책이 오늘날까지 그대로 이행되고 있는 셈이다.

일본의 관료체제는 막부시대 사무라이의 전통을 이어받고 있다. 막부시대는 사농공상(士農工商)의 철저한 계급사회여서 우수한 자는

'사' 즉 사무라이가 되었다. 이 사무라이는 당시의 정치와 경제를 모두 지배하였다. 사무라이는 당연히 그 사회의 최고 엘리트집단이 될 수밖에 없었다. 오늘날의 일본 공무원은 바로 사무라이의 후신인 것이다.

일본의 관료사회는 전후 폐허화된 나라를 일으켜 세우고 오늘날 경제대국을 탄생시킨 주역이다. 물론 일본은 정계와 재계 그리고 관계라고 하는 3개 축이 이끌어 나가는 나라이지만 정계와 재계는 관료가 정한 방향과 정책을 그대로 집행하는 면이 강하다. 관료는 말하자면 일본을 끌고 나가는 견인차인 셈이다. 당연히 공무원에 대한 국민의 신뢰와

일본 전국시대의 대표적인 사무라이 "타데마사무네"동상

존경심이 높다. 그래서 일본을 공무원 천국이라고도 부른다.

일본의 공직자는 제도뿐만 아니고 정신까지도 사무라이의 전통을 이어받고 있다. 요코하마에서 경찰서장을 역임했던 전 경찰간부가 얼마 전에 목을 메고 자살한 사건이 있었다. 알고보니 서장 재직시의 부하직원이 오직사건에 연류되어 문제가 된데 대한 도의적 책임감이 저지른 자살사건이었다. 사무라이 정신이란 대의를 위하여 목숨을 아끼지 않는 자세이다. 공무원들이 자신만만하고 신념에 차 있는 것은 이 정신이 살아있기 때문인지도 모른다.

일본의 공무원을 말할 때 이들의 대민 봉사자세를 빼놓을 수 없다. 동경거리에서 경찰관에게 길을 물어보면 너무도 친절하게 대해줘서 미안할 정도이다. 알아들을 때까지 설명하고 그래도 안 되면 직접 안내해 준다. 자전거를 타고 관내를 순찰하는 경찰관의 모습은 바로 이 나라 공직사회에 대한 신뢰의 상징이다.

일본에서 공직사회가 견고한 이유는 공무원의 높은 능력과 국민에 대한 서비스정신, 그리고 이에 대한 국민의 높은 신뢰감이 상호작용하기 때문이다.

일본의 공무원은 보통 2년이면 자리가바뀐다. 1년만에 바뀌는 경우도 허다하다. 국장, 과장급을 이렇게 자주 이동시켜도 업무의 지속성이 유지될 수 있을까 우려될 정도이다. 하지만 이들은 '규정이 변하지 않는 한 사람은 아무리 바뀌어도 문제될 것 없다' 며 태연하다. 일본의 공직사회는 사람이 아닌 제도와 법이 지배하고 있음을 알 수 있다.

요즘 일본의 관료사회에도 태풍이 불고 있다. 경제가 잘 나갈 때는 관료의 덕택이라고 칭찬하던 국민이 불경기가 계속되자 이번에는 관료의 책임을 묻고 있는 것이다. 집권 여당은 행정개혁만이 살 길이라고 주장하고 야당은 '관료와의 전쟁'을 선포하고 나섰다.

공직자의 오직사건도 심심치 않게 터지고 있다. 공직사회가 경제대국 신화에 너무 오랫동안 안주했던 게 아닌가 하는 느낌이다. 일본의 공직사회는 이제 하나의 전환점에 서 있다.

이시하라 신타로 도쿄지사

수많은 화제를 뿌린 가운데 진행된 도쿄도 지사선거는 그 화제의 중심 위치에 서 있던 '이시하라 신타로' 씨의 당선확정으로 끝이 났다.

도쿄도는 말이 지방자치단체이지 1년예산이 일반회계와 특별회계를 포함하여 우리 돈으로 120조원에 이르는 공룡도시이다. 우리나라의 내년도 예산이 약 90조원이니 이보다 30조원 가량이 더 많은 액수이다.

도쿄도 지사는 단순한 지방자치체장이 아니다. 어떤 면에서는 국정의 한 축을 이루는 중심인물이며 국제적으로는 일본을 대표하는 얼굴일 수도 있다.

도쿄도 지사는 자치단체장으로 순수한 주민투표에 의하여 선출되지만 일본총리나 국회의원처럼 중앙정치, 중앙정당의 정치논리에 의하여서만 결정되는 자리가 아니다. 따라서 여당이나 야당이 추천하는 중견정치인이 선출되는 경우는 오히려 예외에 속한다.

지난번 선거에서는 여, 야당의 추천 후보를 물리치고 코메디언 출신인 아오지마 유키오씨가 저명도와 청렴 이미지 하나로 당선되어 세상을 놀라게 한 일도 있다. 그는 재임 4년간 사심없이 노력했지만 전문성과 리더쉽 부족으로 도의 재정을 파산직전으로 펑크내어 결국 이번 선거에 재출마를 포기하지 않을 수 없었다.

이번 도지사 선거는 여당이 추천한 중진 외교관 출신과 제1야당이 추천한 거물정치인 그리고 군소정당의 무명 인사들이 난립한 전형적인 맥빠진 선거양상으로 시작되었다. 그러나 이 맥빠진 선거판에 이시하라가 뛰어들면서 갑자기 소용돌이치게 된다.

와세다 대학 출신의 문학청년이던 그는 젊은 시절에 발표한 '태양의 계절'이라는 소설 한 권으로 일약 유명인사가 된 사람이다. 일본에 소위 태양족을 탄생시킨 장본인이며 한때 그의 머리 스타일이 대 유행하는 등 젊은이의 우상이기도 했다. 얼마전 고인이 된 일본의 전설적인 배우이며 가수인 이시하라 유지로는 바로 그의 친동생이다.

이시하라씨가 일본 국내뿐만 아니라 국제적인 주목을 받게 되는 계기가 온다. 1980년대 말에 발표한 '노라고 말할 수 있는 일본'이 선풍적인 인기 속에 미국을 비롯한 전 세계의 베스트셀러가 되었기 때문이다. 그는 이 책에서 일본은 미국의 영향을 벗어나 강대국으로서의 독자적인 진로를 모색해야 된다고 주장함으로써 국수주의자 또는 우익인사로 평가받게 된다.

개인적 인기를 바탕으로 중의원에 8회 당선되고 환경청 장관을 역임하는 등 정치인으로서도 화려한 길을 걷던 그는 몇년 전 정치판에 환멸을 느꼈다면서 갑자기 의원자리를 박차고 나가 또 한번 세인을 놀라게 한 일이 있다. 이번의 지사출마는 그의 정치무대에의 복귀를 뜻하는 것이다.

그가 무소속으로 출마하자 선거판이 소용돌이치는 것도 당연한 일이다. 그는 '노라고 말할 수 있는 일본'을 본딴 '노라고 말할 수 있는 지방'의 구호 하에 철저한 지방분권과 도정개혁을 주장하고 나섰다. 뿐만 아니라 '요코다' 미군기지 반환을 주장하는가 하면 중국의 인권탄압을 비난하기도 했다. '시나'라는 호칭으로 중국의 자존심을 건드리는가 하면 일본군의 만행인 남경학살사건은 조작된 것이라고 주장하기도 했다. 민감한 외교문제를 거침없이 들먹여 지사선거가 지방선거인지 국정선거인지 분간하기 어려울 지경으로 몰고 갔다. 계속하여 화제를 뿌려나가는 것이 그의 선거 운동방법이었다.

정부정책에 반하는 발언이 계속될 때마다 그의 인기는 상승무드를 탔고 중국 정부가 비난 성명으로 응수하자 그의 인기는 천정부지로 치솟았다.

우리에게 신기한 것은 이같은 도지사 후보의 발언에 대하여 정부는 선거운동이 진행되는 동안 그리고 선거 이후에도 공식적으로 이에 대한 경고나 이의를 제기하지 않았다는 점이다. 오히려 취임식 직후 총리를 방문하고 도정에 대한 정부지원을 부탁하는 그에게 총리는 잘해보자며 악수로 환영했다.

취임하자마자 그가 맨처음 한 일은 자신의 봉급에서 10%, 수당에서 50%를 반납하겠다는 발표였다. 또한 19만 명의 직원 중 12,000명을 감축하고 신규채용을 억제한다는 도정개혁 의지 표명이었다.

처음부터 그에게 호의적이던 일본의 언론은 이제 하루속히 중국을 방문하여 중국정부와 화해할 것을 충고하고 있다. '요코다' 미군기지 반환주장도 흐지부지된 상태이다. 현실에 충실한 정치인으로의 복귀를 촉구하고 있는 것이다.

그의 선거운동과 정부의 대응자세는 일본의 지방자치제도와 자치행정의 현주소가 어디만큼 와 있는가를 우리에게 생생하게 보여준 셈이다. 지방자치단체의 독립성과 지방분권의 의미를 깊히 생각케 하는 선거였다.

선거는 축제다

일본의 지방 특히 농어촌지역이 지금 통일 지방선거를 앞두고 한창 달아오르고 있다. 한 달 전에도 통일 지방선거가 있었으나 이때는 시(市)이상의 광역단체의 장과 의원을 뽑는 선거였다. 이번에 실시되는 지방선거는 임기가 만료되거나 공석이 된 정(町), 촌(村)의 장과 의원을 뽑는 선거이다.

일본의 정, 촌은 우리의 읍,면에 해당하는 기초 자치단체로 장과 의원이 모두 주민투표에 의하여 선출된다. 아직 읍면에까지는 자치제도가 실시되지 않고 있는 우리에게는 매우 생소한 느낌이다.

3,000개에 가까운 일본 전국의 정, 촌 가운데 이번에 장을 뽑는 선거구는 581개이며, 의원을 뽑는 선거구는 1,245개이다. 정, 촌장 선거에는 1,018명이 입후보하여 1. 8배의 경쟁률을 나타내고 있으며, 정,촌 의회의원 선거에는 21,351명이 입후보하여 1. 1배의 경쟁률이라고 한다. 일본 지방선거의 경쟁률이 그리 심한 편은 아님을 알 수 있다.

일본 지방선거에서 가장 큰 특징은 무투표당선이 많다는 것이다. 이번 선거에서도 232개 정, 촌의 장이 이미 무투표 당선확정되었는데 이는 전체의 40%에 해당하는 숫자이다. 정, 촌의 의원도 2,248명이 이미 무투표 당선확정되었는데 이는 전체의 11%에 해당한다.

무투표당선이 많다고 해서 선거전이 맥빠져 있다고 생각하면 오해이다. 선거구에 따라서는 국회의원을 뽑는 국정선거에 못지 않게 격전장이 되고 있다.

어떤 정장은 83년 이래 16년간이나 무투표로 당선되어 왔는데 이번에 이 관례가 깨져 격전을 예고하고 있다. 이번에 강력하고 새로운 라이벌이 출마를 선언하고 나섰기 때문이다.

그런가 하면 연속 4회에 걸쳐 똑같은 사람끼리 경쟁하는 경우도 있다. 이런 선거구는 선거때마다 박빙의 차로 당락이 결정되는 곳이다.

현직의 정장이 너무나 노쇠하여 출마를 포기한 어떤 선거구에는 5명이 출마했는데 그중 4명이 정의원 출신이어서 이 역시 격전장이 될 것을 예고하고 있다.

가장 특이한 사례로는 북해도의 어느 정장선거에 국회의원을 네 번이나 한 거물이 출마한 점이다. 더구나 재미있는 것은 이 거물 정치인이 정의 과장출신과 대결하게 되었다는 점이다. 하나마나한 싸움 아니냐고 하겠지만 과거 국회의원 경력자가 정장선거에서 이긴 사례가 없어 예측할 수 없다는 여론이 지배적이다. 당연히 전국적 관심선거구로 부상하고 있다.

47년만에 처음으로 선거가 이루어지는 곳이 있는가 하면 의원선거에서 정수보다 입후보자수가 적어 화제가 되는 곳도 있다.

후보자들의 면면을 살펴보니 80%가 5, 60대이다. 간혹 80대도 보이지만 30대 이하는 거의 보이지 않는다. 아직도 일본의 지방은 보수적임을 짐작케 한다. 직업별로 보면 농촌지역인 경우 농업종사자가 80%이상이어서 지역 대표성이 절대적임을 말해주고 있다.

정당별로는 극소수의 공산당후보 이외에 98% 이상이 무소속을 표방하고 있다. 정,촌수준의 지역정치에 중앙정당의 영향력이 크지 않음을 시사하고 있다.

후보자가 내걸고 있는 공약을 보면 오늘날 일본의 지방이 내포하고 있는 문제점이 무엇인가를 짐작케 한다. '산업진흥, 농업의 현대화' '공장유치, 관광진흥' '중앙상가 번영' '투명공정 효율행정' '고령자 복지' 등이 그것이다.

광역선거와는 달리 선거운동 방식도 매우 소박하다. 자전거를 타거나 걸어다니면서 악수공세나 선거구호를 외치는 것이 고작이다. 선거차량을 동원하거나 돈이 드는 요란한 선거운동은 오히려 지방민의 미움을 사 표가 떨어지기 쉽기 때문이다.

센다이시의 축제 "칠석제"의 거리 풍경

선거 하면 부패와 타락을 연상하는 우리에게는 읍,면선거가 왜 필요한가, 행정낭비 아닌가, 지방정서를 해치고 분열만 조장하는 것 아닌가하는 우려가 있을 수 있다.

일본의 선거에 부정부패가 없다고 말한다면 분명히 잘못된 표현이지만 이런 문제보다는 일본의 지방선거는 그 지방의 마쓰리(일본의 축제)의 성격이 강한 것이 특징이다. 일본의 선거는 국민을 적당히 흥분시키고 활기를 주는 독특한 분위기가 있다. 선거철이 되면 조용한 시골에 서커스단이 들어온 것처럼 온 주민을 들뜨게 하는 것이다.

어떤 정치학자는 이같은 분위기가 주민생활에 활기를 주고 지방경기를 활성화하는 효력이 있다고 했다. 소위 선거특수라는 것이 있다는 것이다. 그래서 그런지 일본의 지방은 지금 이 선거를 앞두고 오랜 불경기에서 벗어나고 있는 분위기이다.

일본의 지방선거는 중앙정치 즉 중앙정당의 논리나 영향을 비교적많이 받지 않는, 말 그대로 지역대표 선출의 성격이 짙다. 어느 지방신문이 발표한 여론조사결과가 이를 잘 입증해 주고 있다. 후보자 선택기준으로 무엇을 가장 우선하느냐는 질문에 인물본위라고 말한 사람이43. 5%로 가장 많았고 5. 5%만이 정당본위라고 답했다.

정, 촌의 장과 의원이 정당이나 정부의 눈치를 보지 않고 오직 지역만을 위하여 최선을 다한다면 그보다 더 바람직한 일은 없을 것이다. 선거가 있음으로 그것이 가능하다면 우리도 읍,면장 선거를 마다 할 이유가 없다.

지방선거에 무당파의 반란

  우리의 지방자치제도는 도 시 군 구에 한정되어 실시되고 있지만 일본에서는 우리의 읍면에 해당하는 정촌(町村)에까지 실시되고 있다. 명실상부한 지방자치제도가 확립되었다는 의미이다. 현재 일본의 자치단체는 3,000개가 넘는다. 이 자치단체의 장과 의원이 모두 선거에 의하여 선출되고 있다.

  일본의 국회는 중의원과 참의원으로 나뉘어 있어 국회의원 총수가 약 750여 명인데 이들 모두가 선거에 의하여 선출된다. 임기가 4년이지만 의원내각제의 특성상 걸핏하면 국회가 해산되어 재선거를 실시한다. 그래서 일본은 우리보다 훨씬 자주 선거를 하게 된다. 국정선거와 지방선거에 모두 참여하기 위하여는 1년에도 몇 번씩 투표장에 가야하는 나라가 일본이다.

  일본은 의원내각제이기 때문에 국정의 최고책임자는 내각총리대신이다. 총리는 국민의 직접선거가 아닌 간접선거로 선출된다. 따라서 우리의 대통령선거처럼 전국이 1개의 선거구로 실시되는 선거가 없다. 그렇기 때문에 선거때만 되면 국론이 분열되고 과열되는 현상은 일본에서만은 찾아볼 수 없다.

지방자치제도가 발달한 일본에서는 현지사를 뽑는 선거가 국회의원을 뽑는 국정선거 못지 않게 중요하다. 선거구의 규모나 유권자의 참여율도 각 현의 행정책임자를 선출하는 지사선거가 가장 크고 높다. 지방자치제도가 확립된 일본과 같은 나라에서 현지사는 지역의 발전과 주민 생활에 절대적인 영향을 미치는 자리이다. 국회의원 선거에서는 1개 현에서 5명에서 10명이 선출되지만 지사는 1개 현에서 단 1명만이 선출되는 것만 보아도 그 차이점을 이해할 수 있다.

따라서 지사선거에 대한 주민의 관심과 열기도 대단히 높을 것 같은데 사실은 그렇지 않다. 최근 전국각지에서 실시된 지사선거에서 평균 투표율이 30퍼센트에 미치지 못한 것으로 나타났는데 이같은 현상이 그것을 웅변하고 있다. 투표율은 곧 선거에 대한 주민의 관심도를 대변하는 것임을 생각할 때 30퍼센트란 숫자는 극히 저조하다는 것을 의미한다.

지금까지 가장 규모가 크고 중요하며 주민의 생활과 밀접한 관계가 있는 지사선거에서 투표율이 극히 저조한 까닭은 무엇일까. 지사선거에 대한 주민의 무관심은 어디에서 연유한 것일까.

일본의 지사선거를 자세히 들여다보면 그 이유를 쉽게 이해할 수 있다. 일본의 지사선거는 여당후보와 야당후보가 첨예한 대립속에 이루어지는 우리의 도지사 선거와는 거리가 멀다. 일본의 현지사 선거는 언제나 여당과 야당이 공동으로 미는 강력한 후보가 무명의 무당파 후보자나 또는 일본공산당이 내세운 허약한 후보를 상대로 하여 싸우는 양상으로 도식화되어 있다. 처음부터 결과가 눈에 보이는 하나마나 한 싸움이라는 것이다. 결과가 뻔한 싸움에 누가 관심을 기울이겠는가.

한 후보를 여당과 야당이 공동으로 미는 이유는 간단하다. 여당이나 야당이나 당선될 가능성이 높은 후보자를 내세워야 현정에 있어 주도권을 잡을 수 있기 때문이다. 그러니까 국정수준에서의 여당, 야당의 개념은 지방정치에서는 별개인 것이다. 국정수준에서는 여당과 야당이 확연하지만 지방정치에서는 제1당과 제2당이 함께 여당노릇을 하기도 한다.

당선 가능성이 가장 높은 인물이란 저명도나 지지기반이 가장 튼튼한 사람이다. 그런 사람은 특별한 예외가 없는 한 현직 지사밖에 없다. 여야당이 공동으로 현직지사를 지원할 수 있는 것은 일본의 현지사는 모두가 무소속이기 때문이다.

현직 지사가 여야당의 적극적인 지원을 받으면 재당선은 손 뒤집기만큼이나 쉽다. 막강한 정당세력의 지원 하에 산하 행정기관과 각종 단체에 절대적인 영향력을 행사할 수 있기 때문이다. 일단 지사에 당선되면 질병이나 형사사건에 걸리지 않는 한 거의 평생 그 자리를 누릴 수 있다. 그래서 40대에 지사가 되어 70대에 이르기까지 한자리에 앉아 있는 사람도 있다.

하나마나 한 선거, 통과의례에 불과한 선거에 주민의 관심이 높을 이유가 없다. 문제는 30퍼센트 이하의 투표율로 당선된 사람이 과연 지역의 대표성을 가질 수 있느냐 하는 점이다. 또한 여당과 여당의 지원을 받은 사람이 소신있게 지방행정을 펼쳐나갈 수 있느냐 하는 점이다.

최근 지방 자치단체장의 예산집행 비리와 지방공무원의 수회사건이 심심치 않게 터지고 있다. 일본 여당의 장기집권과 최근의 경제불황은 국민생활을 더욱 어렵게 만들고 있다. 정치에 대한 국민의 불신이 증폭되고 있는 시점이다. 지사선거에 대하여 무관심으로 일관했던 지역주민의 인심은 이제 무관심을 넘어 실망과 불신으로 나타나고 있으며 그 실상이 지방선거를 통하여 표출되고 있다.

이같은 사태의 대표적인 예가 지난 98년에 있었던 미야기현(宮城縣)의 지사선거이다. 이 선거는 현직지사의 4년 임기 만료에 따라 실시되는 것이다.

현직의 아사노(淺野)지사는 전임지사가 수회사건으로 구속되면서 실시된 보궐선거에서 당선된 사람이다. 당시 아사노는 후생성의 현직과장에 지나지 않는 젊은 무명인사인데 전직 지사의 부정부패에 분노한 주민이 똘똘 뭉쳐 청렴성을 앞세운 이 젊은이를 밀어 당선시켰던 것이다.

아사노는 4년 임기 중 현청의 부패요소 척결, 예산 절약, 그리고 자신의 판공비 공개 등 투명한 행정으로 주민의 신뢰를 한몸에 받게 된다. 이같은 실적으로 차기선거에서의 그의 재당선은 필지의 사실로 인식되고 있었다. 여당과 야당이 앞다투어 그를 공천할 것이 예상되고 있었으며 그럴 경우 그를 상대할 만한 라이벌은 존재할 수 없었다.

각급 선거에 후보자를 내놓고 있는 일본 공산당만이 이 선거에서도 자당 후보자를 내놓겠지만 현직 지사와는 처음부터 싸움이 되지 않을 것이기 때문에 지사선거에 대한 지역주민의 관심은 그야말로 제로에 가까운 현상이었다. 그런데 선거일이 가까워지고 후보자 등록일이 임박했을 때 뜻하지 않은 상황이 벌어진다.

아사노가 갑자기 폭탄선언을 하고 나선 것이다. 자기는 어느 정당의 공천이나 지원도 받지 않겠다고 선언한 것이다. 사람들은 이것을 '아사노 선언'이라고 불렀는데 이의 요지는 다음과 같다.

첫째, 이번 선거는 주민의 한 사람 한 사람이 주역인 선거가 되도록

하겠다.

둘째, 이를 위하여 자신은 어느 정당의 공천도 받지 않을 것이다.

셋째, 지사가 정당의 공천을 받으면 중앙정치에 묶여 실질적인 지방분권이 이루어지지 않는다.

말하자면 지사선거에서의 탈정당을 선언한 것이다. 말은 쉽지만 재선을 노리는 현직의 지사가 취할 태도가 아니다. 가만히 있으면 손쉽게 재선이 확실한 그가 오히려 모험에 가까웠던 험난한 길을 택한 것이다. 어떤 사람은 이것은 용기가 아니라 만용이라고까지 표현했다.

그의 폭탄선언은 즉각 매스컴의 세례를 받으면서 전국적인 화제와 관심을 끌게 된다. 무엇보다도 지금까지 지사선거에 대하여 무관심에 가까웠던 이 지역주민을 경악시키고도 남음이 있었다. 지사선거에 대한 인식이 바뀌면서 지역주민의 최대의 관심사로 떠오르고 있었다. 더구나 미야기 현 지사선거가 이 지역뿐만 아니라 전국의 관심사로 변했고 중앙정치로 비화된다.

아사노의 태도에 가장 놀라고 화가 난 쪽은 그의 공천을 기정사실화하고 있던 집권여당인 자민당이다. 자민당은 미야기현의 국회의원 총수 6명 중 5명을 차지하고 있으며 현의원도 과반수 이상을 점하고 있다. 미야기는 예로부터 자민당 천국으로 알려진 곳이다. 그런 자민당의 공천을 마다했으니 이보다 더한 충격이 있을 수 없다.

또 하나는 제 1야당인 신진당이다. 신진당 당수 오자와(小澤)의 이 지역에 대한 영향력은 막강하여 자민당과 힘을 합하면 허수아비라도 당선시킬 수 있다는 말이 있을 정도이다. 아사노는 이 신진당의 협조마저 거부해 버린 것이다.

아사노의 의사가 확고한 것을 확인한 양당은 여야를 떠나 아사노 퇴

출을 노린 전례없는 정치적 결단을 내린다. 양당이 합동으로 현직 참의원인 이치카와(市川)를 내세우기로 합의한 것이다. 이치카와는 이 지역 출신으로 참의원에 당선된 지 1년밖에 지나지 않으나 동경대 법학부출신으로 건설성을 거쳐 국토청의 사무차관을 역임한 거물이다. 처음에는 자민당 제의에 망설이다가 오자와의 요청을 받고는 이를 수락한다.

드디어 선거가 공고되고 미야기현 지사선거는 무소속의 현직 아사노와 자민과 신진 양당 공천의 이치카와, 일본 공산당 공천의 무명후보의 삼파전으로 드러났다. 이 지역의 매스컴은 탈정당을 내세운 아사노의 재선가능성 여부에 초점을 맞추고 있었다.

이치카와 진영은 자민 신진 양당이 협력하여 지역의 지지세력을 총동원하는 한편, 미야기현의 중심도시인 센다이시의 현직 시장의 협조를 이끌어낸다. 센다이시는 현내 총인구 130만 명에서 100만을 점하고 있다. 이치카와의 우세가 확실한 가운데 그의 당선이 당연시되는 상황이었다.

그러나 아사노에게는 지방정치와 지사선거의 매카니즘을 뒤엎고 싶어하는 많은 유권자들이 있었다. 이들은 지역별로 직장과 단체별로 또는 출신학교별로 자원봉사단을 조직하여 아사노 지원에 나선다.

아사노는 첫째 자원봉사 조직을 점조직형식으로 최대한 동원하고, 둘째 이번 선거만은 한 사람 한 사람이 주역인 선거를 만들자는 구호로 자신을 차별화하며, 셋째 자신의 정치개혁 의지와 청렴성, 그리고 약자의 이미지를 부각시키면서 유권자에 파고드는 전략을 구사하기 시작한다.

선거기간 중 아사노가 가는 곳에는 반드시 모금함을 목에 건 운동원이 뒤따라다닌다. 1구좌 100엔짜리 모금함이다. 아사노는 이 모금운동을 통하여 자신의 청렴성을 부각시키는 한편, 거대조직과 자금을 배경으로 선거운동을 전개하고 있는 상대 후보를 견제하는 수법을 최대한 활용했다.

지방자치를 좌우하는 중앙정치, 지방을 힘으로 지배하려는 중앙정부, 이에 대항하는 정의의 사나이, 깨끗한 남자 아사노의 이미지가 점차 유권자들의 마음을 움직이기 시작했으며 선거가 중반에 들어서면서 매스컴의 여론조사는 이치카와의 낙관논이 흔들리고 있다는 신호를 보내기 시작한다.

때를 같이하여 중앙정치에서는 과거 수회사건에 관련되었던 인물의 입각과 행정개혁의 지지부진으로 하시모토(橋本)정권의 지지도가 사상 최대로 추락하는 등 국민의 정치불신이 극에 달하고 있었다.

이런 상황에서 중앙의 거물 정치인이 대거 지방에 내려와 지사선거를 지원하는 작전은 오히려 지역주민의 반발만 증폭시켰고 허약한 아사노 후보에 대한 여성유권자의 모성애를 극도로 자극한다.

선거 1주일을 앞두고 실시된 여론조사는 아사노의 우세를 시사하고 있었다. 어느 정당도 지지하지 않는다는 무당파층이 50퍼센트를 넘고 있으며 이들 무당파층이 이번 선거에 높은 관심을 보이고 있는 것으로 나타났다. 무당파층의 움직임이 이번 선거를 좌우할 것이라는 의견이 높아가고 있었다. 무당파층의 지지대상은 바로 아사노임이 확인되었고 당일의 투표율만 높으면 아사노가 당선될 것이라는 예측이 나돌고 있었다.

드디어 투표일, 투표율은 예상을 훨씬 넘어서는 58퍼센트를 기록하였고 아사노는 60만표를 얻어 30만표의 이치카와를 일방적으로 눌러이겼다. 한 마디로 무당파 아사노의 독주에 가까운 압승이었다.

조직도 자금도 없는 아사노가 집권여당과 제1야당을 상대로 한 싸움에서 대승한 것이다. 주민 파워가 무엇인가를 확실하게 보여준 것이다. 무당파가 뭉치면 거대정당도 무너뜨릴 수 있다는 교훈을 준 것이다. 정치불신은 무당파를 낳고 무당파가 일어서면 정치도 바꿀 수 있다고 경고한 것이다. 무당파의 기치를 내걸었던 아사노의 승리는 조직과 자금을 무기로 한 종래의 틀에 박힌 선거의 한계를 분명하게 보여주었다.

아사노의 승리는 중앙정계에도 큰 영향을 미쳐 하시모토정권의 지지율은 더욱 떨어지고 신진당 오자와 당수는 사퇴압력에 시달리게 된다. 이 선거에 이어 실시되었던 미야기현의 참의원 보궐선거에서 자민당은 자당 후보도 내지 못할 정도로 대 타격을 받는다. 이 선거를 계기로 일본에서의 지방선거의 양상이 전환기를 맞이한 것이다.

(후기:필자는 이 선거를 처음부터 끝까지 현지에서 직접 관찰하며 취재했고 그 결과를 '지방선거의 필승전략' 이라는 단행본으로 출판한 바 있다)

일본의 밤거리는 안전한가

'밤거리를 여성 혼자 마음 놓고 걸어다닐 수 있는 나라는 오직 일본 뿐이다'라는 말이 있다. 일본의 치안상태가 얼마나 잘 되어 있는가를 대변하는 말이다. 일본의 치안상태는 일본인 자신이 누구보다도 자랑스럽게 여기고 있는 부분이다.

98년도에 실시한 '세계청년의식조사'에서 일본인에게 자기 나라의 자랑거리 5개를 들어보라 했더니 '치안상태'라고 답한 사람이 2번째로 많았다. 미국, 구라파 등 선진국의 어느 나라도 상위 5위권에 이 항목이 들어가지 않았다고 한다.

공식통계에 의하면 인구 10만 명 중 범죄발생건이 미국이 5,079건, 영국이 9,360건인데 반하여 일본은 1,440건에 불과하다. 10만 명당 1.5건 정도의 발생건수는 선진국 가운데 가장 낮은 비율이다. 한편 범인 검거율은 미국이 66. 9퍼센트, 영국이 91. 0퍼센트인데 반하여 일본은 무려 98. 5퍼센트였다. 100건 중 98.9건은 해결하고 있다는 이야기이다. 일본에서는 죄를 짓고는 살 수 없다는 의미이기도 하다.

이와 같은 통계에도 불구하고 97년도 12월 현재의 경찰통계에 의하면 그 해에 발생한 형사사건이 전국적으로 189만 9,564건이나 되고, 당시 형무소에 복역중인 사람이 총 8,575명이나 된다. 이 중에서 가장 많은 것이 놀랍게도 절도사건으로 전체의 66. 1퍼센트를 차지했다. 일본 사람은 모두 정직하고 남의 물건에는 손도 대지 않는다는 인식을 가지고 있는 우리로서는 참으로 놀랄 만한 현상이다.

일본이 아무리 잘 살고 일본사람의 심성이 착하다고 해도 일본도 인간사회요 그들도 인간이다. 인간사회에 범죄가 어찌 전혀 없을 수 있겠는가. 일본에 범죄가 없다라는 말은 범죄발생률이 매우 낮다는 의미일 뿐이다.

최근에는 절도, 강도, 상해와 같은 단순 형사사건은 문제가 되지 않을 정도로 대형 흉악 범죄 사건이 빈발하고 있어 경찰을 긴장시키고 있다. 불특정다수를 대상으로 하는 집단살인사건이나 상상을 초월하는 엽기적 살인사건이 그것이다.

4년 전 동경에서 발생한 오움교도의 지하철 독가스 살포사건은 일본조야는 물론 세계를 경악케 하고도 남을 만한 사건이었다. 또 얼마전 코오베에서 초등학교 어린이의 목을 절단하여 학교정문 앞에 갖다 놓는 잔인한 범죄가 발생했는데 범인을 잡고 보니 중학생이어서 세상을 놀라게 한 사건이 있었다. 손자가 잔소리하는 할아버지를 야구방망이로 살해했다든가, 내연의 처를 죽여 콩크리트 쳤다던가 하는 정도의 사건은 그리 대단할 것도 없는 세태가 되어버렸다.

일본은 '야쿠자'의 나라라는 말이 있다. 야쿠자란 우리식으로 말하면 깡패에 해당하지만 집단으로 뭉쳐 있기 때문에 조직 범죄단이라고 말할 수 있다. 마약, 공갈, 상해 심지어 살인까지도 불사하는 이 집단의 구성원은 대략 4,500명 정도로 언제나 일본의 치안을 위협하는 존재이다.

이런 상황에서도 밤에 아녀자가 마음 놓고 걸어다닐 정도의 치안을 확보하고 또 범죄가 발생하면 거의 완벽하게 해결할 수 있다는 것은 무엇보다도 일본경찰의 우수성 때문이다.

일본경찰의 우수성은 이 조직의 간부진을 보면 알 수 있다. 초급간부진에서 최고위에 이르기까지 주요 직책에는 일본의 최고학부인 동경대 법대출신자로 거의 채워져 있다. 정부의 어느 부서도 경찰조직만한 엘리트 집단이 없다고 해도 과언이 아닐 것이다.

다음으로 일본경찰의 높은 긍지와 사명감을 들 수 있다. 국군이라는 개념이 없는 일본에서 경찰의 역활은 치안활동에만 한정되지 않는다. 치안과 더불어 국가안보까지 책임진다는 정신상태로 무장된 집단이다. 무엇보다도 경찰조직에 대한 국민의 전폭적인 신뢰감은 이들에게 큰 힘이 되고 있다. 정치에 휩쓸리지 않고 본연의 임무에 전념하는 경찰을 자랑으로 여기며 매사에 적극 협조하고 있는 것이다.

그러나 최근에 발생한 일련의 불상사로 지금 일본 경찰의 위상이 말이 아니다. 한두 명의 경찰간부의 과오가 지금 일본 경찰 전체의 명예와 공적을 철저히 무너뜨리고 있다. 이제 경찰을 신뢰할 수 없다는 비판의 소리가 여기저기에서 터져나오고 경찰을 개혁하라는 요구로 경찰조직은 지금 만신창이다. 경찰개혁이라는 용어는 우리나라에서는 일상적인 것이지만 일본에서는 매우 이례적이고 자극적인 용어이다.

최근 발생한 경찰의 불상사에 대하여 조금 더 설명해 보자. 최근 니이카다현(新潟縣) 경찰본부는 거의 미궁에 빠졌던 사건 하나를 해결하는 개가를 올린 바 있다. 이 사건이란 지금부터 10년 전에 발생한 당시 9세 여아 납치사건인데 그동안 미궁에 빠졌다가 범인의 모친의 고발로

10년만에 범인을 검거하고 이미 19세로 성장한 여인도 찾아낸 사건이다.

사건의 내용이 하도 전대미문의 것이어서 국민의 이목이 이 사건에 집중되어 있었던 것인데 사건처리와 보고과정에서 현경에 몇 가지 문제점이 있었다. 그런데 이를 감찰하기 위하여 현지에 파견된 경찰청 국장이란 자가 감찰은 제쳐두고 현경 본부장(우리의 도경찰청장에 해당)과 함께 온천호텔로 직행하여 밤늦도록 마작을 즐겼다는 것이 언론에 크게 보도된다.

이렇게 되자 납치사건은 국민의 관심권에서 사라지고 경찰의 무책임한 자세를 질타하는 소리로 일본열도가 들끓게 된다. 경찰을 매도하는 소리가 시간이 가면서 더욱 높아지자 경찰청은 본청 국장과 현경본부장을 감봉처분하였고 당사자들은 서둘러 사직서를 제출한다.

이렇게 되자 경찰청의 조치가 너무 안일하다며 경찰 최고간부진의 책임을 묻는 언론의 공격이 재개되고 이들에게 지급예정인 3,000만엔(3억원 정도)씩의 퇴직금이 너무 많으니 반납하라는 여론이 들끓는다. 여론의 향방을 주시하던 정부는 마침내 경찰청 장관에 대하여 감봉처분이라는 전대미문의 인사조치로 대응한다.

드디어 여론은 가라앉았지만 때마침 열리고 있던 국회 예산위원회에서 오부치정권에 대한 맹타가 시작된다. 이 시점에서 국회해산을 염두에 두고 있던 정부여당은 민심을 고려하여 이를 무기연기할 수밖에 없는 정치적 타격을 받는다.

경찰에 대한 신뢰가 곧 정권의 신뢰와 직결된다는 점에서 일본도 우리와 조금도 다를 바 없다. 경찰의 이번 과오는 일본식으로 표현하면 '불상사'이다. 이 불상사 이후의 여론은 "경찰이여 '오마와리상'의 정신으로 돌아가라"이다. '오마와리상' 이란 '도는 사람' 즉 관내를 순찰하는 파출소 순경의 애칭이다. 파출소 순경은 걸어서, 또는 자전거에 올라 관내를 구석 구석 순찰하며 길을 묻는 사람이 있으면 친절히 안내하고 노약자를 도와주기도 하며 사건이 터지면 가장 먼저 달려가는 동네의 인기인이다. 경찰이 '오마와리상의 정신으로 돌아가라' 는 말은 친절하고 책임감 넘치는 경찰의 본연의 자세로 돌아가라는 뜻이다.

지금 일본 경찰이 맞고 있는 위기는 국민의 신뢰속에서 자신도 모르게 싹튼 안일무사와 오만이 자초한 것이라고 필자는 생각한다. 이제 일본 경찰은 국민에 대한 배신이 얼마나 호된 아픔으로 되돌아오는지를 뼈저리게 느꼈다. 이번의 불상사가 일본 경찰이 다시 태어나는 계기가 될지 여부는 좀더 지켜보아야 한다.

일본은 섹스의 천국인가

퇴근길에 숙소에서 읽어볼 양으로 세븐일레븐 편의점에서 일간지 하나를 구입했다. 일본의 유명 온천장과 값싸게 즐길 수 있는 골프장의 소식 등이 소개된 표지면만을 보고 산 것인데 이 '레져○○' 라는 일간지는 알고보니 다름 아닌 도색지였다. 전체 6면인 이 신문은 첫장을 제외하고는 온통 섹스에 관한 기사로 채워져 있었다. 그것도 젊은 여성의 선정적인 나체사진과 함께 전화번호가 적힌 호객성 광고투성이었다.

신문지 5장에 앞뒤로 빽빽히 들어찬 여자들의 사진은 뚱뚱한 중년, 삐쩍 마른 20대, 유부녀, 중학생, 직장여성 등으로 소비자(?)의 기호에 맞추어 분류된 명함크기로 무려 200여 명은 올라와 있었다. 편집인과 발행인의 이름까지 버젓이 내걸고 있는 천하의 일간지가 이런 섹스광고장사를 하는 것을 보면서 일본이 과연 섹스산업의 천국이구나 하는 생각을 금할 수 없었다.

필자가 묵고 있던 숙소 근처에 조그마한 서점이 하나 있어 무심코 들른 일이 있다. 그런데 이 서점은 놀랍게도 섹스 관계의 책들만 팔고 있었다. 10여 평의 실내에 가득찬 단행본과 잡지와 만화들이 모두 도색일색이었다. 일반 서점에서는 찾아볼 수 없는 것들이다.

특히 주간지가 많았는데 거기에 실린 사진이나 그림이 세계적인 도색잡지 플레이보이는 저리 가라고 말할 정도로 선정적인 것이었다. 이런 잡지는 대개 표지의 나체사진만 보일 정도로 하여 투명비닐에 씌워 판다. 소위 다치요미(立讀) 즉 서서 읽어보고 그냥 돌아가는 것을 막기 위해서이다. 선정소설만 싣는 월간지도 있다. 모두가 독자의 성감을 자극하는 노골적인 성묘사로 일관된 문학성과는 무관한 작품들이다. 일본 선정소설의 특징은 남녀의 성기의 명칭까지 그대로 표현하고 섹스 장면을 몇 페이지에 걸쳐 정밀하게 묘사하는 등 정상적인 사람에게는 혐오감을 주는 것이 특징이다. 이런 책자를 다른 곳도 아닌 주택가에서 의젓한 간판을 내걸고 판매하고 있는 것이다.

이보다 더 이색적인 곳이 '성인용 장난감'이라고 부르는 섹스도구 전문점이다. 섹스에 관한 도구라면 없는 것이 없다고 자랑하는 이른바 섹스용품가게이다. 상품 가운데는 바람을 주입하면 실물대 성숙한 나체여인으로 변하는 비닐용품이 있는가 하면 비아그라를 뺨친다는 스프레이식 성욕증강제 같은 것도 있다. 전기자동화한 첨단기술제품(?)도 있고 변태성 섹스에 사용되는 가죽회초리까지 구비되어 있다. 이런 것들을 통틀어 포르노 상품이라고도 부른다.

밤에 도시의 유흥가를 걷고 있으면 짙은 화장에 짧은 미니스커트차림의 아가씨들이 지나가는 남자들에게 명함 같은 것을 나누어 준다. 자기의 사진과 연락번호가 실린 것을 보면 매춘을 위한 일종의 호객행위이다. 거리 모퉁이의 전화박스나 공중변소 또는 전신주에는 이런 명함이 수없이 더덕더덕 붙어 있기도 하고 길바닥에 낙엽처럼 구르기도 한다. 때로는 이런 광고 명함이 주택가의 우편함에 투입되기도 한다.

더 깊은 골목길로 들어서면 섹스를 실연하는 공연장과 '소프랑' 이라고 부르는 퇴폐 목욕업소가 줄을 이어 문을 열고 있다. 이런 업소는 출입구를 어둡게 하여 이용객의 편의를 돕는 것이 특징이다. 일본에서 '쓰레코미' 라고 부르는 러브호텔은 우리처럼 도시나 농촌 어디에서도 서 있으며 관광단지를 조성하듯이 집단적으로 모여 있는 경우도 있다.

섹스영화만을 전문으로 상영하는 성인전용의 섹스극장도 있다. 소위 '포르노' 라고 부르는 이 영화관은 남성들의 성적욕구를 비교적 건전하게 푸는 장소이다. 일본의 포르노는 성을 자극하는 주제이면 물불을 가리지 않고 동원한다. 유부녀의 바람피우기는 단골처럼 등장하는 소제이고 제복의 여성을 좋아하는 일본남성의 기호에 맞추어 여자중학생도 등장하고 간호원과 여자경찰까지 등장한다.

도쿄 신주쿠의 술집거리에는 별의별 업소가 다 있다. 남의 섹스하는 장면을 바늘구멍으로 훔쳐보게 하고 돈을 받는 소위 '노조키' 가 있는가 하면, 미니스커트 한 장만 걸친 날씬한 아가씨들이 술을 나르는 업소도 있으며, 나체미인으로부터 가죽회초리로 두들겨 맞고 좋아하는 변태업소도 있다. '케이' 라고 불리는 여장남성이 진짜 남성들을 상대로 성을 파는 업소도 있다. 러시아, 필리핀 심지어 아프리카 등의 외국여성만 모아놓은 매춘업소는 얼마든지 있다.

너무 상세히 소개한 느낌이지만 일본의 섹스산업은 그만큼 크고 넓으며 한계가 없다. 일본의 섹스산업이 이렇게 번창한 이유는 무엇일까. 혹자는 전후 일본의 경제부흥과 자유기업 풍토를 들기도 한다. 필자는 이 이외에도 일본인의 성의식과 도덕 관념도 작용하고 있다고 생각한다.

우리나라에서 한때 일본인의 섹스관광이 사회문제로 거론된 일이 있다. 한국뿐 아니라 외국을 찾는 많은 일본 남성이 유난히 섹스를 즐긴다는 것은 잘 알려진 사실이다. 부끄러운 말이지만 일본인 관광객이 줄면 가장 타격을 받는 곳이 우리나라의 유흥업소와 관광산업이다. 섹스를 즐기는 일본인의 취향이 일본의 섹스산업에 어떻게 영향을 미치는가에 대한 단서를 찾아보기 위해서는 그들의 성의식에 대한 조사기록을 참고할 필요가 있다.

일본인의 성의식을 알 수 있는 몇 가지 재미있는 조사기록이 있다. 97년도에 NHK가 실시한 '현대 일본인의 의식조사' 기록에 의하면 미

도심의 번화가에 늘어선 거리의 여자들

혼남녀의 81.6퍼센트와 기혼남녀 69.8퍼센트가 '결혼 전 성교해도 무관하다' 고 답변했다. 93.5퍼센트가 혼전교섭이 가능하다고 답변한 다른 조사기록도 있다. 지금은 우리도 많이 달라지긴 했어도 혼전섹스에 대하여 엄격한 우리와는 현격한 차이를 엿볼 수 있다. 많은 남녀가 중학생 때 이미 첫 경험을 한다던가 10대의 매춘문제 등은 이같은 일본인의 성의식과 무관하지 않을 것이다.

일본여성의 정조관념은 결혼 전에는 약해도 결혼하고 나면 강해진다는 말이 있는데 이 말도 근거가 없는 것 같다. 일본의 교도쓰신(共同通信)이 실시한 '현대사회와 성' 에 대한 조사기록에 의하면 배우자 이외의 상대와 섹스를 갖는 것은 '어떤 경우에도 불가하다' 가 48퍼센트인데 반하여 '인정될 수 있다' 가 45퍼센트로 나와 있다. 이는 미국이 전자가 76퍼센트에, 후자가 9퍼센트인 것을 감안하면 일본이 미국보다 불륜에의 관용도가 훨씬 높다는 의미이다. 프리섹스의 본고장인 미국이 무색할 정도라면 놀랄 만한 일이다. 이는 기혼여성의 정조관념이 높지 않고 유부녀의 매춘이 사회문제가 되는 현상과도 무관하지 않을 것이다.

재미있는 것은 일본인의 섹스가 생각보다는 그다지 강하지 않다는 점이다. 교도쓰신의 '현대사회와 성' 조사에 의하면 40대의 일본인은 1개월에 4~5회의 성교를 하고 있는 것으로 나타났다. 미국인이 5~6회인 것을 고려하면 일본인의 섹스가 국제기준(?)에 비하여 평균 이하가 아닌가 싶다.

그럼에도 불구하고 일본의 섹스산업이 성황인 이유는 무엇일까. 결국 섹스산업이 돈을 쉽게 벌 수 있는 비지니스이기 때문은 아닐까. 돈이 되는 것이면 무엇이든 하는 것이 일본인이다. 더구나 일본에서는 섹

스산업에 대해서 규제라는 것이 없다. 그 점에서 일본 섹스산업의 장래
는 밝다. 하지만 분명한 것이 있다. 섹스산업에 관한 한 우리가 일본에
게 배울 것은 아무것도 없다는 사실이다.

쓰레기통이 사라진 거리

"거리가 너무나 깨끗하다."

처음 일본에 온 한국사람이 이구동성으로 하는 말이다. 일본의 거리는 참으로 깨끗하다. 깨끗한 것은 도시의 거리뿐이 아니다. 교외의 유락시설이나 공원, 운동장 등 어디를 가보아도 마찬가지여서 담배꽁초나 휴지 한 장 발견하기가 쉽지 않다. 그래서 일본에 대한 외국인의 첫인상은 '일본은 깨끗하다' 이다.

한 가지 기이한 것은 이렇게 깨끗한 거리에 쓰레기통이 보이지 않는다는 사실이다. 거리의 어디에도 쓰레기통이 설치되어 있지 않은 것이다. 그럼에도 불구하고 거리가 이렇게 깨끗한 이유는 무엇일까. 일본사람들은 쓰레기도 버리지 않는단 말인가. 쓰레기통이 있어야만 쓰레기를 버릴 수 있고 그래야만 청결을 유지할 수 있다는 관념에 길들여진 필자에게는 아무래도 이것이 기이하게만 여겨지는 것이다.

거리에 쓰레기통이 보이지 않는 것이 하도 기이하여 그렇다면 역전 광장이나 지하철역, 공원, 운동장 등 사람이 많이 모이는 장소는 어떤가 하고 일부러 이런 곳에 들러 찾아보았지만 역시 어디에도 쓰레기통은 보이지 않았다. 필자가 기억하기로는 10년 전만 해도 일본의 이런 장소에는 쓰레기통이 어김없이 놓여 있었다. 그런데 언제부터인가 쓰레기통이 아루아침에 사라지고 만 것이다. 쓰레기통을 마치 쓰레기 치우듯이 싹 치워버린 것이다.

그럼에도 불구하고 오늘날 일본의 거리는 깨끗한 것이다. 그렇다면 쓰레기통이 설치되어 있을 때는 어땠나. 물론 그때에도 깨끗하기는 마찬가지였다. 쓰레기통이 있거나 없거나 일본의 거리는 언제나 깨끗하다는 이야기이다. 다시 말해서 일본에서 쓰레기통은 거리의 청결과는 그다지 상관이 없다는 이야기가 된다. 이렇게 보면 일본에서 쓰레기통을 없애버린 것은 거리의 청결과는 다른 목적이 있어서인 것이 틀림없다.

후에 확인한 것이지만 일본의 '쓰레기통 없애기행정'은 거리의 청결을 위한 것보다는 쓰레기를 줄여보자는 교육책에서 나온 발상이었다. 오늘날 도시행정에 있어 가장 골칫거리가 이 쓰레기 처리문제이다. 공해문제와 더불어 쓰레기처리 문제는 날이 갈수록 심각해져 이제는 자치단체의 문제가 아니라 국가의 문제요 나아가서 전 세계적, 전 인류적 문제로 화하고 있다.

쓰레기를 줄이기 위한 이와 같은 발상은 잘도 맞아떨어져 과거보다 쓰레기의 양이 엄청나게 줄었고 동시에 거리도 한층 깨끗해졌다고 한다. 뿐만 아니라 쓰레기통을 관리하는 행정과 예산의 부담까지 크게 줄어들었다고 한다.

요즘 쓰레기통이 놓여 있을 만한 장소를 찾아가 보면 쓰레기통 대신 그자리에는 '쓰레기는 각자가 가지고 가시오'라는 안내판이 서 있다. 거리에는 쓰레기 버릴 데가 없으니 몽땅 집으로 가져가서 규격봉투에

넣어 버리라는 것이다.

이제 일본의 거리에서는 담배꽁초나 휴지 한 장 마음대로 버릴 곳이 없게되었다. 버릴 곳이 없으니 버릴 일을 만들지 않게 되었다. 과거 오물이 넘치고 파리 떼가 끓던 쓰레기통이 모두 사라져 도시의 미관도 좋아졌다. 무엇보다 쓰레기 치우는 부담이 줄어 예산절감 효과도 높아 그야말로 일석삼조의 효과를 보고 있다는 것이다.

우리나라의 경우는 도시의 거리, 공원, 지하철 등 어디를 가나 쓰레기통이 설치되어 있어 시민에게는 여간 편리하지 않다. 요즘 서울시내의 쓰레기통은 도시 분위기에 어울리도록 모양과 색깔을 내어 패션에도 신경을 쓰고 있을 정도이다. 하지만 쓰레기통은 어디까지나 쓰레기통이어서 아무리 멋을 내도 우체통과 같은 낭만은 없다. 쓰레기통 주변은 담배꽁초가 흩어져 있고 악취가 풍긴다. 서울거리의 멋진 쓰레기통을 볼 때마다 필자는 방안에 들여놓은 잘생긴 요강을 연상한다.

일본에 쓰레기통이 사라지면서 피해를 받는 사람도 있다. 오랫동안 쓰레기통의 편리성에 길들여진 우리 같은 한국사람들이다. 필자는 금연주의자라 꽁초 버릴 일은 없지만 거리에서 받은 선전 팜플렛이며 휴지 같은것을 버리고 싶을 때면 항상 불편을 느낀다. 가족과 함께 야외에 나가 먹고 남은 도시락의 찌꺼기를 버리지 못하고 고스란히 차에 싣고 돌아올 때는 불편을 넘어 화가 치밀 정도이다.

그래서 일본에 체류하는 동안에는 가급적 쓰레기를 만들지 않으려고 노력한다. 음식도 남지 않을 만큼 준비하고, 물건을 사도 불필요한 포장은 미리 제거한다. 거리에서 불필요한 물건을 사지도 받지도 않는다. 쓰레기를 쉽게 버리는 습관은 그것을 손쉽게 버릴 수 있는 쓰레기통이 존재하는 조건에서 길러진 것이다. 그게 아니라면 불편을 감수하더라도 쓰레기를 만들지 말아야 한다. 일본의 '쓰레기통 없애기 행정', '쓰레기 집으로 가져가기운동' 은 바로 이것을 노린 것이다.

여기에서 한 가지 유의할 점은 거리에서 쓰레기통을 없앤 이면에는 그것이 없으면 쓰레기를 버리지 않을 것이라는 시민정신에 대한 신뢰감이 전제되고 있다는 사실이다. 이러한 혁명적인 행정조치는 성숙된 시민정신이 전제되지 않고는 성공할 수 없기 때문이다. 그렇다면 우리의 시민정신은 어느만큼 와 있을까. 지금 당장은 어려울지 모르나 우리도 농경시대의 유물인 저 요강과 같은 쓰레기통을 언제까지나 방안에 놓고 살 수는 없을 것이다.

그런데 한 가지 유감스러운 것은 이 쓰레기통이 사라지자마자 일본 사람의 미풍양속 하나가 함께 사라지고 있다는 점이다. 전에는 남이 버린 꽁초나 휴지를 보면 얼른 주워쓰레기통에 버리던 풍경이 사라져 버

어느 목장 유원지 입구에 세워진 간판(쓰레기는 가져가라고 쓰여 있다)

린 것이다. 버리고 싶어도 쓰레기통이 없기 때문이다. 남이 버린 쓰레기를 집으로까지 들고 갈 수야 없기 때문이다.

요즘 일본의 젊은이들 가운데는 질서의식이나 예절이 형편없는 부류가 있다. 승용차를 몰면서 창밖으로 빈 맥주 깡통을 던져버리거나 재떨이의 꽁초를 길거리에 쏟아버리는 일도 예사롭게 하고 있다. 이래서 길거리에 쓰레기가 널리기도 하지만 누구 하나 주워 버리는 사람이 없는 세상이 된 것이다.

아침 일찍 주택가를 걷다보면 할머니들이 나와 이웃집 앞길까지 깨끗하게 비질하는 모습을 볼 수 있다. 남이 버린 거리의 쓰레기를 주워버리는 모습과 함께 일본의 자랑할 만한 아름다운 풍경이다. 이같은 풍경이 사라졌다면 일본은 얻은 것 못지 않게 큰 것을 잃었다고 보아야 한다.

도심의 주차장을 줄이자

동북의 제1도시 센다이는 인구가 100만이지만 면적은 우리 서울에 버금가는 784평방킬로의 광역도시다. 인구에 비해 땅이 넓어 도심지를 벗어나면 거의가 농촌과 산악지대라고 할 수 있을 정도로 인구밀도가 낮다. 유난히 산이 많고 숲이 우거져 공기도 맑으며 쾌적하여 일본전국에서 가장 살기 좋은 도시로 알려져 있다.

센다이시를 모리노미야코(森都=숲의 도시)라고 부르는 것도 이같은 자연환경 때문이다. 자연환경뿐만 아니라 도심부의 도로정비도 잘되어 있고 오피스 빌딩가와 주거지역이 잘 연계되어 있어 병원과 학교 등 편의시설이 두루 잘 갖추어진 도시이다.

이런 센다이시가 요즘 도심지의 교통체증으로 몸살을 앓고 있으니 화제가 될 수밖에 없다. 필자가 총영사로 재직하던 2~3년 전에 비하여도 눈에 띌 정도로 체증현상이 심화되고 있는 것을 보면 계속해서 악화될 조짐이다. 최근 한 연구기관이 도심지 국도에서의 체증현상을 조사한 결과 평균 시속이 15. 5킬로인 것으로 나타났다. 토요일에는 도심지를 통과하기 위하여 상당한 인내가 필요할 정도여서 살기 좋은 센다이시의 명성이 흔들리고 있는 것이다.

이같은 이유는 센다이시의 주요 관청이나 비지니스 빌딩 그리고 유통시설이 모두 도심지에 집중되어 있고 전체 면적에 비하여 좁은 면적의 도심지에 외곽으로부터의 자동차 유입이 늘어나고 있기 때문이다.

따라서 우리 상식으로는 도심부의 도로망을 확충하고 도심부의 주차장을 늘리는 것이 교통체증을 해소하는 길인 것 같은데 실제는 이와 전혀 다른 원인분석과 해결방안이 제시되고 있다.

센다이시의 도심부 교통체증의 주범은 도심지에 주요시설이 집중되어 있기 때문도 아니고 더구나 주차장이 모자라서가 아니라 바로 이 주차장이 너무 많아서라는 것이다. 따라서 교통체증을 덜기 위하여는 이 주차장을 대폭 줄여야 한다는 진단이다. 너무나 우리 상식과 동떨어진 것이어서 여기에 소개한다.

100만 도시 센다이의 등록 차량대수는 대략 41만 5천여 대이다. 여기에 비하여 주차장의 숫자는 월세 주차장과 회사전용 주차장 등을 합하여 무려 21만 대분으로 평지로 계산하면 도쿄돔(도쿄중심지의 야구장)의 51개 분인 것으로 나타났다. 주로 센다이 시내 중심지 일대에 위치한 '30대 이상의 주차시설이 되어 있고 시간주차가 중심인 법률상의 주차장' 만 해도 608개소에 5만 대분이다. 도심부에 이렇게 많은 차를 주차시킬 수 있는 도시는 일본전국에서 센다이시밖에 없다고 한다. 그래서 센다이시의 중심가는 '차와 주차장밖에 없다' 고 말할 정도이다. 다시 말하면 도시중심부에 얼마든지 차를 세울 수 있는 공간이 존재하고 있다는 이야기이다.

센다이시의 중심부에 이렇게 많은 주차장이 시설되어 있는 것은 과거 버블경제시대에 땅을 사놓은 사람들이 불경기로 빌딩건축이 어렵게 되자 너도나도 주차장으로 활용하고 있기 때문이다. 그래서 센다이 시내에는 빌딩은 많아도 비어 있는 공간이 많고 값도 아주 저렴한 것이 오늘의 현실이다.

이렇게 도심부에 주차공간이 많다보니 너나 할 것 없이 차를 몰고 도심부로 진입하게 되고 이것이 교통체증을 일으키는 주범이 되고 말았다는 분석이다. 실제로 시가 조사한 바에 의하면 도심부로 진입하는 사람들을 상대로 차를 타고 오는 이유를 물었더니 그중 4분의 1이 "도심지에 주차장이 있으니까."라고 대답했다는 것이다.

도심부의 교통체증은 시민의 불편은 말할 것도 없고 막대한 경제적 손실을 가져온다는 것이 조사결과로 나타났다. 건설성이 조사한 바에 의하면 교통체증에 의한 손실은 연간 1인당 약 50시간으로 비용으로 환산하여 약 10만엔(100만원) 정도라고 한다. 이렇게 보면 센다이시에서 아침 저녁의 혼잡시에 1할 정도만 시간단축을 하면 연간 850억엔(8,500억원)을 절약할 수 있다는 계산이 나온다.

도심부의 교통체증은 또한 이 지역의 경기를 위축시키는 결과를 가져온다는 것이다. 도심부에서 근무하는 사람들이 차를 가지고 오기 때문에 일과가 끝나면 한잔하고 싶어도 곧장 집으로 돌아간다는 것이다. 만일 통근자의 반수가 차를 버리고 3천엔씩만 쓰고 간다면 하루에 2천6백만엔(2억6천만원)이 도심지에 떨어진다는 계산이 나온다. 이 액수는 중심지역 음식점의 평균 하루 매출의 13퍼센트에 해당한다.

또 하나 있다. 도심지의 차량증가는 대기오염을 유발하고 평균기온을 상승시키는 주범이라는 것이다. 요즘 큰 문제가 되고 있는 도시 온난화현상을 일으키는 요인의 20퍼센트는 자동차의 에너지 소비가 원인이라고 한다. 현상대로 방치할 경우 2030년이 되면 센다이시의 기온이 약 5도가 상승할 것이라는 조사결과가 있다. 도심지의 자동차를 반감한다면 온도상승을 3도 정도로 줄일 수 있다니 대단하다.

센다이시의 도심지 주차장을 줄이자는 주장은 아직은 언론과 학계 및 사회단체에서만 나오고 있는 단계이다. 시당국은 아직 이에 대한 확고한 태도를 유보하고 있는 모양이다. 그러나 센다이시 중심부의 교통체증은 엄연한 것이며 이대로 가다가는 살기좋은 고장으로서의 도시 이미지가 손상을 입을 것이 확실하기 때문에 이를 방치하고 있을 여유가 없다.

자동차는 문명의 이기로 이용하는 사람에게는 이보다 더 편리한 것이 없다. 그러나 차량의 과도한 의존은 결과적으로 도심의 공통화를 촉진해 왔다. 사람이 차지할 자리를 차량이 점령해 버리는 괴상한 현상을 촉진해 온 것이다. 따라서 인구가 100만이 넘는 대도시에서만은 개인의 편리성보다는 도시인 전체의 편리성을 우선해야 한다는 소리가 높아지고 있다. 여기에서 도시가 커지는데 따라 주차장을 늘려온 지금까지의 발상은 버려야 한다는 소리가 나오게 된 것이다.

차를 가져와도 세울 곳이 없으면 누가 차를 가지고 오겠는가 하는 발상은 단순한 것 같으면서도 매우 합리적이다. 주차장이 태부족인 서울의 종로나 을지로에는 아무도 차를 가지고 가지 않는다. 모두가 승용차를 버리고 전차나 버스를 이용하는 것과 같은 이치이다. 이렇게 보면 도심의 주차장 증설은 교통문제를 해결하는 정책이 아니라 교통 혼잡을 촉진하는 우거인 셈이다.

아직도 도심의 주차장 건설을 위하여 재정지원까지 하는 것이 우리의 교통행정이다. 이래서 우리의 도시는 만성 교통지옥으로 전락하고 있다. 우리도 발상의 전환이 필요한 시점이 아닌가 생각된다.

'주차장이 있으니 차를 가지고 간다'는 말은 '산이 있으니 산에 간다'는 말보다도 훨씬 알아듣기 쉽고 자연스러운 말이다. 도심의 주차장을 줄이고 불법 주차단속을 철저히 한다면 도심에 차량이 넘칠 이유가 없다. 우리나라 전국 주요도시의 중심부에 지금보다 차량이 반으로 준다면 얼마나 쾌적한 환경이 될까 상상만 해도 기분이 좋아진다.

일본인의 고발정신

일본에 처음 방문한 한국사람이 잘 하는 말이 있다. 일본의 거리에 경찰이 보이지 않는다는 말이 그것이다. 거리 곳곳에 교통경찰과 전경이 배치되어 있는 서울거리에 익숙한 한국인에게는 이색적인 광경일 법도 하다. 반대로 서울을 방문하는 일본사람들에게는 서울거리의 많은경찰이 별로 인상적이지 않은 것 같다. 경찰도 단순한 시민의 한 사람으로 바라보는 이들의 생활습관 때문이 아닌가 생각된다.

일본인의 교통규칙 지키기는 세계에서도 유래가 없을 정도로 모범적이다. 일본의 거리를 자세히 들여다보면 시민과 차량이 모두 일정한 룰에 의하여 질서정연하게 움직이고 있음을 느끼게 된다. 거리에 아무리 차량이 넘쳐 흘러도 혼란에 빠지는 일은 없으며 일정한 속도로 풀려나가는 것을 알 수 있다.

서울 도심의 교통혼잡과 정체현상은 세계적으로도 유명하지만 이런 혼잡과 정체는 대개 서로 빨리 빠지려고 하는 차량들의 규칙 위반에서 유발되고 있다. 그래서 한번 차량들이 얼키기 시작하면 언제 풀릴지 모르는 교통지옥에 빠지며 여기저기에서 운전자끼리 욕설이 난무한다.

그러니 한국의 거리에는 교통경찰이 반드시 필요할 수밖에 없다.

일본에도 교통지옥이란 말이 없지는 않지만 그것은 차량의 폭주에 의한 심한 교통의 정체를 의미할 뿐이다. 그래서 일본에는 교통정체라는 말은 있어도 교통혼잡이란 말은 없다. 교통정체는 시간이 가면 자연히 풀리게 되어 있기 때문에 경찰이 나서서 교통정리할 필요 같은 것은 처음부터 없는 것이다. 모범운전사 제도 같은 것도 필요 없으며 오직 있다면 교통규칙이 있으며 이를 엄수하는 시민정신이 있을 뿐이다.

한국의 교통사정을 잘 아는 일본인이나 교포는 한국에 가면 택시운전사가 가장 무섭다고 말한다. 택시 운전하는 분들에게는 미안한 말이지만 일본인들은 한국의 택시운전사를 거리의 무법자 정도로 인식하고 있다. 신호를 무시하고 곡예운전하는 한국 택시에 공포를 느끼지 않았다면 일본인이 아니라는 것이다.

건널목의 정지선에서는 1센치도 넘지 않고 정지하는 일본인들의 눈에는 빨간 신호가 떨어져도 저만큼 나가서거나, 파란신호가 떨어지기도 전에 급출발하는 한국의 택시가 공포의 대상이 아닐 수 없다. 부산과 시모노세키 사이에 카페리가 운행된 지 오래지만 승용차를 가지고 오는 일본인들은 극히 드물다. 여간 배짱이 센 사람이 아니고는 한국에서 운전하고 다닐 자신이 없기 때문이라고 한다.

일본에서 교통규칙이 잘 지켜지는 이유는 일본인의 높은 준법정신과 질서관념 때문이다. 차량이 통행하지 않는 이른 새벽의 건널목에서 신호가 바뀔 때까지 서 있는 시민의 모습이 이를 웅변한다. 또는 버스정류장이나 지하철 승강장 앞의 줄서기가 이를 대변한다.

일본인의 질서관념에 못지 않은 것이 이들의 시민정신이다. 규칙이나 질서를 위반한 사람에 대한 고발정신이다. 준법정신과 질서관념이 높은 만큼 이를 위반하는 행위에 대한 고발정신도 그만큼 높다고 보아야 한다. 가급적 남과의 분쟁을 싫어하는 일본인에게 이런 시민정신이 숨어 있는 것은 놀랄 만한 일이다.

얼마전 비바람이 몹시 치던 밤에 차를 몰고 시내중심가를 나간 일이 있다. 필자의 차가 중앙역 근처의 교차로를 느린 속도로 막 건너고 있는 순간 갑자기 좌측으로부터 승용차 한 대가 신호를 무시하고 빠른 속도로 접근하고 있었다. 깜짝 놀라 우측으로 핸들을 틀지 않았더라면 충돌을 면할 수 없었을 것이다. 아슬아슬한 순간이었다.

하도 갑자기 당하는 일이고 위험했기 때문에 등에서 소름이 끼칠 정도였다. 정신을 가다듬고 바라보니 중년여성이 몰고 있는 차였다. 차를 세우고 주의를 줄까 하다가 비도 오고 교통이 혼잡하여 그대로 서서히 차를 전진시키고 있었다.

그때 갑자기 누군가가 필자의 승용차 옆문을 세차게 두들기고 있었다. 우비를 뒤집어쓴 채 오토바이를 몰고 있는 50대 남성이었다. 차창을 내리고 왜 그러냐는 듯이 바라보았더니 "지금 저 차가 당신 차를 받을 뻔했는데 왜 그냥 가느냐. 주의를 주어야 하지 않느냐."며 눈을 부릅뜨고 고래고래 소리지르고 있었다. 처음에는 필자를 위해서 하는 말인 줄 알았는데 가만히 생각하니 그게 아니라 규칙위반을 묵인하는 필자에 대한 항의였던 모양이다.

상대방이 미안해 하지도 않는 태도가 괘씸하기도 했지만 피해가 있었던 것도 아니고 상대방이 잠깐 실수한 것을 가지고 다툴 필요가 있겠나 싶어 그냥 묵인했던 것인데 이 일본인에게는 이런 필자의 태도가 못마땅했던 모양이다. 필자가 아니더라도 우리 한국사람이라면 대개는 이 정도로 지나쳐 버리기 마련이지만 일본은 달랐다.

그런데 그로부터 며칠 후 필자가 반대입장의 경험을 하게 된다. 시내에 차량이 많지 않은 일요일, 외출했다가 차를 천천히 몰며 숙소로 돌아오고 있었다. 아파트 주차장에 차를 세우려는 순간 30대의 청년 한 사람이 쫓아오더니 필자를 노려보는 것이 아닌가.

무슨 일인가고 물었더니 "당신 차가 숙소 앞에서 우회전할 때 급브레이크를 밟아 하마터면 내 차와 충돌할 뻔했다."는 것이다. 30년 무사고 운전자로서 조금 억울한 생각은 들었지만 젊은 사람과 싸울 형편도 아니어서 "아, 그랬던가. 내가 실수한 모양이다."고 했더니 아무 말 없이 사라졌다.

필자의 숙소는 꽤 가파른 언덕 위에 있어 오르막길을 저속으로 달려야 하기 때문에 급브레이크를 밟을 형편이 아니다. 또한 뒷차도 차간거리를 확보하고 있었다면 위험을 느끼지 않았을 것 같아 젊은이가 좀 과한 것 아닌가 하는 생각을 지울 수 없었다.

하지만 젊은이의 좀 무례한 시민정신은 이 사건 이후 필자의 운전습관을 개선해 주는 영향을 주었다. 이후 필자는 운전 중 혹시 급브레이크를 밟지 않을까 하는 걱정을 하며 안전운전에 더욱 신경을 쓰게 되었기 때문이다. 얼마나 고마운 시민정신인가.

필자가 프랑스에 근무할 때 일이다. 한번은 그곳의 우리 동포와 함께 차를 타고 지방도시에 들른 일이 있는데 길거리 주차장에 차를 세워놓고 볼일을 마치고 돌아오니 차의 백미러가 크게 부서져 있었다. 지나가던 차가 받아놓고 그냥 사라진 것이다. 어떻게 해볼 엄두가 나지 않아 그냥 차에 타려고 했더니 앞유리창 틈에 메모지 한 장이 끼어 있는 게 보였다. 펼쳐 보니 몇시 몇분에 차량번호 몇 번의 트럭이 지나가다가 치고 달아났다는 요지와 함께 자기의 전화번호와 이름을 적은 목격자의 제보였다.

  진정한 시민정신은 불의와 불법에 대한 항의이며 고발이다. 진정한 시민정신은 정의롭고 질서있는 사회를 창조한다는 점에서 매우 바람직하다. 그래서 선진국에 갈수록 시민정신이 매우 높다. 시민정신은 불의와 불법을 용서하지 않겠다는 정의감이며 자기는 절대로 그런 일을 하지 않겠다는 자기약속이다. 불의와 불법을 보고도 고발하지 않는 것은 관대함이 아니다. 선과 악에 대한 분별력이 모자라든가 자기도 그같은 일을 저지를지 모른다는 자기불신이다. 우리 한국인의 시민정신은 어느 정도일까.

'또 하나의 일본'을 말한다.

(필자가 주 센다이 총영사 재직중에 발표한 졸저 '또 하나의 일본' 이 좋은 반응을 얻고 동경에서 일본어 번역판까지 출판되자 이 지역 한일친선협회의 특강 요청이 있었는데 다음은 동 특강내용을 정리한 것임)

먼저 이런 영광스러운 자리를 만들어주신 미야기 일한친선협회의 사이카와(齊川)회장님을 비롯한 관계자 여러분께 감사드립니다. 자기가 쓴 책에 대하여 남에게 이야기하는 것은 일종의 자기선전 활동일 수 있어 매우 조심스럽습니다.

먼저 제가 '또 하나의 일본을' 쓰게된 동기부터 말씀을 드리겠습니다.

저의 해외생활은 통틀어 약 15년간입니다. 그중 일본에서만 10년이 넘는데 그 대부분은 도쿄에서 보냈습니다. 도쿄에서 바라본 일본은 거대한 경제대국이며 민주주의와 번영을 누리는 부럽기 짝이 없는 나라였습니다. 정치 경제 사회 문화 외교 안보 등 모든 면에서 선진화되고 안정된 국가로서의 일본만이 제 눈에 들어왔던 것입니다.

그러나 이것이 일본의 전체 모습이 아니라는 것이 지방인 이곳 센다이에 오고나서 절실하게 느끼게 되었습니다. 도쿄의 고층빌딩가인 신주쿠(新宿)나 화려한 쇼윈도의 긴자(銀座)거리가 일본의 전체 모습을 대변하는 것은 아니었습니다.

이곳 동북지방은 지금까지 보아왔던 중앙과는 전혀 다른 모습을 하고 있었습니다. 다시말해 이곳 동북에는 지금까지 제가 모르고 있던 '또 하나의 일본'이 있었던 것입니다. 이 '또 하나의 일본'이 바로 일본의 실제모습이 아닐까 하는 생각을 갖게 되었던 것입니다.

그렇다면 저를 포함하여 중앙만 보고 이것이 일본의 실체인 것처럼 생각하고 있는 대부분의 한국사람에게 일본의 실체를 보다 정확하게 이해시키는 것이 필요하지 않은가 하는 생각을 하게 되었던 것입니다.

또 하나는 50년의 역사를 가진 일본의 지방행정이 작년도를 중심으로 관관접대(官官接待)와 '가라' 출장 등의 문제로 크게 흔들리면서 주민의 불만이 폭발되는 것을 목격할 수 있었고 이는 바로 이제 막 시작한 한국의 지방자치행정의 50년 후의 모습일 수 있다고 생각을 하게 되었습니다.

일본 지방행정의 성공과 실패의 사례를 소개함으로써 한국의 21세기의 지방화시대에 좋은 교훈으로 삼게 해야 한다는 생각을 하게 되었습니다. 이것이 제가 이 책을 쓰게 된 가장 큰 동기입니다.

다음은 책자의 내용에 대하여 간단히 설명드리겠습니다.

센다이에 부임하여 온 96년 1월 이후부터 97년도 8월에 이르는 짧은 기간이지만 이 기간 동안에 동북지방에서 살면서 보고, 듣고, 느꼈던 지방의 여러 현상과, 사건 사고 등을 정리하다 보니 충분히 한 권의 책이 될 수 있다고 자신감을 가지게 되었습니다.

이 기간 동안에 일본의 지방 특히 동북지방을 자세히 들여다보면 몇 가지의 흐름이 있었습니다.

그 하나는 소위 관관접대와 가라출장으로 대변되는 행정의 부패상이 속속들이 드러나고 행정에 대한 주민의 불신과 불만이 폭발 직전이었습니다.

그러나 이런 문제만이 있는 것은 아니었습니다. 이런 문제에 대항하여 정보공개를 주장하는 시민운동이 활발하게 전개되었고 이를 개혁하려는 아사노(淺野) 미야기지사와 같은 자치단체장들의 노력상이 매우 인상적이었습니다.

그런가 하면 21세기를 앞두고 지방의 발전과 국제화를 위한 다각적인 시도들이 눈에 띄기도 했습니다. 국제공항의 유치, 외국 도시와의 자매결연, 현청의 해외사무소 개설, 지금 센다이가 계획하고 있는 지방간 서밋트회담 등의 사례에서 보는 지방의 국제화노력은 매우 인상적이었고 크게 배울점이 있었습니다.

어떤 사람은 제가 이 책에서 일본의 못된 점과 문제점만을 나열했을 것이라고 생각하는 사람도 있을 것입니다. 실제로 저의 책에 관하여 맨 먼저 보도해준 매스컴이 우리 한국 동포계의 일간지인 '통일일보' 입니다. 그런데 이 신문도 처음에는 나의 책을 보고는 거들떠보지도 않았다고 합니다.

보나마나 또 일본을 욕하고 까는 내용일 것이라고 생각했기 때문이라고 합니다. 책의 제목 자체가 그럴 것이라는 느낌을 주었다는 것입니다. 미안한 말이지만 한국에서는 한국인이 쓴 일본에 관한 책이 수없이 많지만 일본을 칭찬하는 책은 잘 팔리지 않습니다. 가능하면 일본을 까고 두들겨 패야 히트도 하고 베스트셀러도 된다는 것이 현실입니다.

이런 경향을 제일 싫어하는 것이 여러분 일본인이겠지만 여러분보다 더 싫어하는 사람들이 일본에 사시는 재일한국인이라는 사실을 알아야 합니다. 일본에 대하여 무조건 비난하거나 일본이 잘못 인식되는데 대하여 가장 거부감을 느끼는 사람들이 재일한국인이라는 것입니다.

"또 하나의 일본" 출판기념회

통일일보의 담당기자도 마찬가지여서 처음에는 읽어볼 마음도 없었다고 합니다. 그런데 목차를 훑어보니 어딘가 다른 느낌이 들어 한장 한장 읽게 되었고 결국 자기의 예상과는 전혀 다르다는 사실을 발견하게 되었던 모양입니다. 오히려 일본을 매우 객관적으로 기술하였고 한국인에게 일본을 정확하게 알리자는 내용이어서 이에 감동하여 이 책을 소개하는 기사를 크게 썼다고 합니다.

이 기사를 읽은 재일한국인들의 관심이 높아졌고 국내 여행길에 몇 권씩 사들고 오는 사람이 늘어갔으며 국내에서의 관심도 높아 출판 1

개월만에 재판이 나오는 등 한때 가장 잘 팔리는 책으로 화제가 되기도 하였습니다.

이것이 일본에도 알려져 카호쿠(河北新報)가 작년 10월 21일자에 인터뷰 기사를 크게 보도해 주었고 이 기사가 나간 다음날에는 도쿄의 어느 출판사에서 일본어판을 내고 싶다는 제의까지 들어오게 되었습니다.

그후 금년도 1월 6일에는 교도쓰신(共同通信)과의 인터뷰가 이루어졌고 이 내용이 도쿄, 니이카다, 아오모리, 이와테, 아키다, 야마카타 등지의 주요 일간지에 크게 보도되기도 하는 등 책이 널리 알려지게 되었습니다.

제가 금년도 3월 초에 또 한 권의 책을 출판한 것이 있습니다. 작년 10월에 있었던 미야기 지사 선거를 다룬 책인데 제목이 '지방선거의 필승전략' 입니다. 이 책에 관한 인터뷰 기사가 금년 3월 8일자 마이니치(每日)신문에 역시 크게 보도되면서 덩달아 저의 책이 일층 널리 선전되게 되었습니다. 그러나 '지방선거의 필승전략' 에 관하여는 다음 기회에 여러분께 소개하겠습니다.

책의 내용이나 편집은 제가 전문작가도 아니기 때문에 보잘 것 없지만 집필 동기가 순수하고 꾸밈이 없으며 현직 외교관이 직접 썼다는 점 그리고 일본의 지방에 눈을 돌린 아이디어 등이 인정되어 예상 이상의 호응을 얻은 것이 아닌가 생각됩니다.

다음은 일본어 번역판의 출간에 관련해서 말씀드리겠습니다.

도쿄의 출판사로부터 일본어 번역판의 제의를 받으면서 한 가지 걱정이 앞섰습니다. 왜냐면 이 책은 순전히 한국인 독자를 의식하고 쓴 책이었기 때문입니다.

일본어판은 어디까지나 일본인 독자를 위한 것이 되어야 하는데 이 책의 내용을 그대로 번역하였을 때 과연 일본인들이 읽어보려고 하겠는가. 아무리 좋은 책이라도 팔리지 않으면 안되는 출판사의 입장도 생각해야 하기 때문입니다.

그래서 출판사측과 번역작가와 이 문제를 상의한 결과 일본인이 이미 잘 알고 있거나 흥미없는 내용은 제외시키거나 약간 변경하고 그대신 새로운 내용을 일부 추가하면 일본인 독자들도 흥미를 갖게 될 것이라는 결론을 얻게 되었습니다. 한 가지 놀라운 사실은 일본에서도 일본을 좋게만 말하는 책은 잘 안팔린다는 것이었습니다. 적당히 비판적이어야 한다는 것인데 솔직히 말씀드려 저의 책은 일본을 비판하는 내용이 아니어서 꽤 미묘하고 어려운 문제였습니다.

하지만 저의 책이 개성이 강한 동북지방의 이야기가 주로 되어 있기 때문에 일본인들조차도 잘 모르는 내용이 많고 또 흥미를 끌 수도 있는 내용이 많기 때문에 약간만 손질하면 충분히 승산이 있다는 이야기였습니다.

이렇게 하여 책의 내용을 재구성하고 보니 원작에 비하여 일본어판의 내용이 상당히 변질되었음을 고백하지 않을 수 없습니다. 특히 목차에 나오는 소제목들의 용어가 크게 바뀌게 되었습니다.

예를 들면 '김치촌과 국제화'는 원작에서는 '지방의 과제는 국제화'이며 '발가벗은 관청'은 '흔들리는 자치행정'이었습니다. '일본인은 정말 분노하고 있다'는 '자치행정의 실상'이었으며 '일본전국 개장 중'은 '변화와 개혁의 모색'이었습니다.

눈에 번쩍 뜨이는 제목이 아니면 팔리지 않는 점에서는 한국이나 일본이 마찬가지라는 사실을 알았습니다. 따라서 작가로서 출판사의 사정을 무시할 수 없었던 점을 일본의 독자들이 이해하여 주신다면 그보다 다행이 없겠습니다.

한 가지 원작과 일본어판이 분명히 다른 점이 있습니다. 그것은 원작에는 없는 작가의 수필이 12편이나 추가되었다는 점입니다. 작가가 이곳 센다이에 살면서 일상생활 가운데 보고 느낀 소감을 일본인들이 가볍게 읽어볼 수 있도록 써본 것입니다. 이것을 읽어보시면 원작에는 나타나지 않은 저의 동북지방에 관한 솔직한 감상을 그대로 알 수 있을 것입니다.

좀더 분명히 말씀드린다면 한국인인 제가 일본의 동북지방을 얼마나 좋아하며 그 좋아하는 이유가 어디 있는지를 분명하게 기술하고 있다는 것입니다. .

저의 책을 가지고는 있는데 재미가 없어 못 읽겠다는 분이 계시다면 이 수필 12편만이라도 한번 일별해 주시기 바랍니다.

마지막으로 이 책을 출판하고 나서 저의 소감을 간단히 말씀드리겠습니다.

한국인이 쓴 일본에 관한 서적은 수없이 많습니다. 그러나 일본의 지방을 대상으로 하여 쓴 책은 분명히 말씀드려 이번이 처음입니다.

더구나 이곳 동북지방에 초점을 맞추어 쓴 책은 이것이 처음이며 앞으로도 나올 가능성은 희박하다고 저는 믿습니다. 동북지방은 지금까지 한국인에게는 '미지의 세계'였습니다. 일본의 다른 지방에 비하여 그만큼 역사적으로나 문화적으로 교류가 가장 적었던 곳이 이 동북지방입니다.

저의 책은 바로 동북의 이야기이며 이 책을 통하여 모든 한국인에게 동북의 실체를 충분히 소개했다고 봅니다. 이 점에서 저는 다른 사람들이 동북지방을 위하여 하지 못한 일을 했다는 보람을 느끼고 있습니다.

이런 점에서 부임 이후 2년 반 동안 신세진 동북의 모든 분에게 작으나마 은혜갚음을 했다는 안도감을 느끼고 있습니다. 이제 언제라도 가벼운 마음으로 이곳을 떠날 수 있게 되었다는 생각을 합니다.

저는 이 책에서 분명히 이야기했지만 이곳 동북의 자연과 사람을 모두 사랑합니다. 한국과의 교류는 가장 적었던 동북지방이지만 알고보니 한국과 가장 친할 수 있는 요소가 얼마든지 있는 곳이 이곳 동북지방이었습니다. 이 모든 것들이 머지 않아 고국으로 돌아가야 하는 저의 발걸음을 무겁게 하고 있습니다.

오랫동안 경청해 주서서 대단히 감사합니다. 앞으로 21세기는 동북지방이 바로 일본의 희망이며 미래입니다. 이것을 굳게 믿으며 여러분의 건승을 기원합니다. 대단히 감사합니다.

사무라이와 매화

글쓴이/김성규
펴낸이/박인한
펴낸곳/세계문예

펴낸날/2000년 11월 20일

편집장/박옥주
편집/신지영

등록/1998년 5월 27일(제7-180호)
주소/(132-033) 서울시 도봉구 쌍문3동 315-402
전화/편집부:995-0071, 2, 3 영업부:995-1177
팩스/904-0071
e-mail;adongmun@naver.com

값 7,000원

ISBN 89-88695-15-1